风间贤二

STRANGE HUNTING

怪异

猎奇

〔日〕风间贤二 著

周小庆 译

世界推理小说全史

人民东方出版传媒
People's Oriental Publishing & Media

东方出版社
The Oriental Press

KAII RYOKI MYSTERY ZENSHI by Kenji Kazama
Copyright © Kenji Kazama 2022
All rights reserved.
Original Japanese edition published by SHINCHOSHA Publishing Co., Ltd.
This Simplified Chinese language edition is published by arrangement with
SHINCHOSHA Publishing Co., Ltd., Tokyo in care of Tuttle-Mori Agency, Inc.,
Tokyo through Hanhe International (HK) Co., Ltd.

中文简体字版权由汉和国际（香港）有限公司代理
中文简体字版专有权属东方出版社

图书在版编目（CIP）数据

怪异猎奇：世界推理小说全史 / (日) 风间贤二著；周小庆译. 一 北京：东方出版社，
2024.11. — ISBN 978-7-5207-4030-2

Ⅰ. Ⅰ106.4

中国国家版本馆CIP数据核字第202467YG82号

怪异猎奇：世界推理小说全史
（GUAIYI LIEQI:SHIJIE TUILI XIAOSHUO QUANSHI）

作　　者：[日]风间贤二
译　　者：周小庆
责任编辑：王夕月　柳明慧
出　　版：东方出版社
发　　行：人民东方出版传媒有限公司
地　　址：北京市东城区朝阳门内大街166号
邮政编码：100010
印　　刷：北京联兴盛业印刷股份有限公司
版　　次：2024年11月第1版
印　　次：2024年11月第1次印刷
开　　本：787毫米×1092毫米　1/32
印　　张：9
字　　数：168千字
书　　号：ISBN 978-7-5207-4030-2
定　　价：56.00元
发行电话：（010）85924663　85924644　85924641

推理小说①是一个统称，其中有"本格"和"变格"之分。

首先，何谓"本格"？本格推理是一种借助逻辑推理来破解谜题的形式。江户川乱步曾对其阐释如下："通过逻辑推理分析疑难罪案，步步深入、层层解开。侦探小说这类文学作品的主要目的就是让读者享受这种抽丝剥茧般解谜过程的精彩。"其精彩之处就在于

---

① 此处及书名中等多处"推理小说"的原文均为"ミステリー"，系来自英文单词"mystery"的日本外来语。如作者在本书第13章最后所述，日语中的"ミステリー"作为一种小说类型其范围较广，包括侦探小说和推理小说等具有设谜、解谜要素的作品，但目前尚无公认统一的中文译法。译者在本书中暂译为"推理小说"，仅在作者讨论"推理小说"与"ミステリー"的区别时，将"ミステリー"译为"Mystery"，以示区别。——本书脚注均为译者注，下同。

"匪夷所思的作案手法、充满悬念的个中过程、出人意料的故事结局"。

那么"变格"又是什么？在讨论这个问题之前，笔者想提醒读者留意一个细节。

上文中乱步用的是"侦探小说"，而非"Mystery"。或许大部分读者认为两者是一回事，其实笔者也曾以为"侦探小说"和"推理小说"只不过是用汉语词汇对"Mystery"的同义替换。但严格来讲似乎并非如此。"Mystery""侦探小说""推理小说"三个词语的用法不尽相同——暂且不谈现在，至少以前如此。

顺便说一下，侦探小说在英语中的说法是"Detective Story"，法语中为"Roman Policier"（警察小说）①。"Detect"的本义与意为保护、防护的"Protect"截然相反，意思是查明、察觉。关于此释义，有一则逸闻颇有意思。

传说有一个恶魔会扒开屋顶，揭露里面所住之人偷摸干下的坏事并将其拽进地狱。过去人们对侦探避之唯恐不及，就是因为觉得他们与窥探隐私的恶魔是一路货色。从某种意义上来讲，江户川乱步的《屋脊里的散步者》就是一部讲述侦探即偷窥者，也即实打实的恶魔的佳作。

对侦探语义的探讨就此打住。其实在日本直到明治维新以

---

① 本书正文中括号内的内容除作者和作品的外文名由译者添加，其余均为原书作者所写。

后，即19世纪末，才诞生了小说的概念。而在欧洲，以英国为中心，小说从18世纪初就逐渐成熟并不断发展。毋庸赘言，推理小说就是当时欧洲小说的细分领域之一，对日本来说则是一件新奇的舶来品。

那么这一舶来品在日本是如何被接受并发展为今天的推理小说的呢？这正是本书所要探讨的问题。在探讨的过程中，如果读者能自然而然地发现何谓"变格"的答案，则是笔者之幸。

全书由两部分构成，共14章，其中第1~6章为欧美篇，从18世纪的哥特浪漫小说一直讲到19世纪末登场的名侦探福尔摩斯。第7章之后为日本篇，从明治时代"小说"这一全新概念传入日本开始，经过江户川乱步时代，再到推理小说一词普及并扩散的今天，"侦探"这一历程的"蛛丝马迹"。

需要说明的是，本书是对拙著《你是否喜欢怪奇幻想推理小说?》（2014年）的增改之作。如果能说是新版的话，主要新在大量增补了从文化史角度分析推理小说的内容。

目录

第 **6** 章

内心的半兽人、
吸血鬼、火星人

第 **7** 章

黑岩泪香与
翻案小说

第 **8** 章

福尔摩斯与
亚森·罗平及
捕物帖

第**9**章

日本科幻小说鼻祖押川
春浪与武侠冒险小说

第**10**章

文豪们的侦探小说

第**11**章

杂志《新青年》
与江户川乱步及"变态"

第 **12** 章

乱步与色情怪诞无稽的时代

第 **13** 章

从侦探小说到推理小说，再到 Mystery

第 **14** 章

"新本格"的登场，时代将走向平行推理小说？

第 1 章

哥特才是推理
小说的源头

流行往往如昙花一现，但是现在有些潮流似乎会成为例外。如果能够长盛不衰，那就不止是流行，而是一种生活方式了。

似乎一上来说得就有些生硬，所谓长期化的潮流就是"哥特"（goth）。不是"哥特式"（gothic），而是"goth"。

这里的"goth"既不是中世纪代表性的哥特式全石结构建筑，也不是从18世纪到19世纪盛极一时的新哥特（也称"哥特复兴"），而是从20世纪80年代兴起，经过世纪末至今仍然人气不衰的哥特文化[①]。

新哥特充满了对中世纪的怀旧情趣，而哥特文化丝毫没有对那个黑暗时代的憧憬，毕竟哥特文化的起源是朋克摇滚。20世纪70年代后期的性手枪（Sex Pistols）、快乐小分队（Joy Division）等英国乐队就是朋克乐队，更早的还有纽约朋克（New York Punk）。关于朋克乐队这里不展开叙述，总之，性手枪乐队以及这个团队里经常惹是生非的锡德·维舍斯（Sid Vicious）就是典型的朋克。

为什么低俗、粗野、稚拙、低级趣味、反体制的朋克（我对现在的流行朋克知之甚少，至少诞生之初的原始朋克给人这种印象）会成为哥特文化？朋克摇滚的发展历程——包括后来包豪斯（Bauhaus）乐队的出现——这里省略不谈，朋克与哥特扯上关系其实是因为两者在精神上的相似。对此有兴趣的读者可以读一读凯瑟琳·斯普纳（Catherine Spooner）的《当代哥特》（*Contemporary Gothic*，2006年）。

听到哥特式，估计很多人脑海中首先浮现的是一种美术或建筑风格。前者是从罗马时期之后到文艺复兴之前盛行的绘画，代表作品有皮萨内洛（Pisanello）的《埃斯特王族的公主像》

---

① 此处的哥特文化指20世纪80年代起源于英国朋克音乐的一种亚文化。相较于同时代的其他亚文化，哥特亚文化长期流行，并不断多样化，持续扩展到世界各地。

（*Portrait of a Princess of the House of Este*）；后者则以巴黎圣母院和威斯敏斯特修道院等建筑为代表。

哥特小说（Gothic Novel）或者称哥特浪漫小说（Gothic Romance）——与我们熟悉的推理小说、科幻小说、奇幻小说（Fantasy Novel）、恐怖小说（Horror Novel）、言情小说、历史小说、冒险小说等小说的概念不同，并不能称为一种常见的文学类型。但可以毫不夸张地说，上面所列举的各种文学类型的源头就是哥特小说，尤其是怪奇幻想类作品和推理小说，与哥特小说有着密不可分的关系。

哥特小说这个笼统的称呼包括三个种类。第一类是帕特里克·麦格拉斯（Patrick McGrath）和乔伊丝·卡萝尔·奥茨（Joyce Carol Oates）等当代英美作家书写的新哥特；第二类是以19世纪末英国维多利亚时代的大都会为舞台的摩登哥特，比如罗伯特·路易斯·史蒂文森（Robert Louis Stevenson）的《化身博士》（*Dr. Jekyll and Mr. Hyde*，1886年）和布拉姆·斯托克（Bram Stoker）的《德古拉》（*Dracula*，1897年）等；还有一类就是在18世纪的英国成为一大潮流的正宗哥特浪漫小说，这是哥特小说的本源。按照事物发展的顺序，我们当然要先从18世纪诞生的哥特浪漫小说的鼻祖说起。

首先，"gothic"的意思是什么？我们可以翻开一本英语词典试着寻找答案。

不出所料，第一个就是建筑、美术的"哥特风格"，也有文艺的"哥特风"这一解释。依次往下看，还有"哥特人的"，再往下甚至还有"没有教养的、野蛮的、土气的"。

哥特人是东日耳曼部落的一个分支，原本生活在波罗的海沿岸地区，3—5世纪逐步入侵西罗马帝国并使其灭亡，在意大利、法国、西班牙和英国等地建立了王国。这个民族终结了古希腊和古罗马时代，拉开了中世纪的帷幕。因此，当说到哥特式，有时也指哥特人权焰极盛的中世纪时期的种种。

但到了近世，"文艺复兴"运动在14世纪的意大利兴起。众所周知，这场复兴运动试图重兴古希腊和古罗马文化，因此艺术家和思想家们将注重调和、匀称、秩序的古典主义奉为圭臬。以西欧美术史奠基之作《意大利艺苑名人传》（意大利语：*Le Vite de' più eccellenti pittori, scultori, ed architettori*，1550年）作者乔尔乔·瓦萨里（Giorgio Vasari）为首的众多评论家青睐古希腊和古罗马时代的古典建筑，而对中世纪建筑嗤之以鼻。中世纪建筑特征里那些——直刺云霄的尖塔、繁复怪诞的装饰等都是古典建筑中所没有的。文艺复兴艺术家们带着"没有教养的、野蛮的、土气的"贬低意味，将那种巨大的中世纪建筑物形容为"哥特人的"，也就是我们常说的"哥特式"。

所以哥特式在文艺复兴时期是一种蔑称。哥特人造就了中世纪——一个蒙昧无知、被迷信掌控的黑暗时代。野蛮的、原始的、低俗的、低级趣味的、破坏性的、混沌不清的、缺乏理性的东西都是哥特人的，也就是哥特式的。

但进入18世纪后，曾被赋予负面意味的哥特式突然摇身一变，成了褒义词，也就是哥特复兴。

在光荣革命结束后的17世纪末的英国，政治历史的连续性问题被摆上台面。基于可靠史料的历史研究及古董收藏热由此达到了最高潮。在这一潮流的影响下，人们开始对中世纪建筑开展实地调查，并从新的视角重新肯定其风格。这就是哥特复兴。

同时，还有人提出，建立了中世纪的哥特人即日耳曼部落是英国人的祖先。他们认为哥特人打破了罗马帝国在政治和宗教上的专制，开辟了自由和民主主义的道路，于是开始将哥特人视为英雄。其实，这种对哥特看法的转变是出于对理性主义和启蒙主义的反叛。

简单来说，其实是一种反法情绪。众所周知，英法百年战争结束后，两国一直处于敌对关系。从17世纪到18世纪，法国在所有领域都曾一度是世界头号大国。但英国后来居上，政治上光荣革命获得成功，经济上工业革命率先完成，军事上击败西班牙的无敌舰队。各方面都势如破竹的英国却唯独在文化，尤其是艺术领域不及法国。

当时在法国流行新古典主义和洛可可风格，崇尚柔和、华丽的女性美。对此英国推出了哥特式的感性，以一种豪放、勇猛的男性美与法国正面交锋。

英法两国分庭抗礼：理性vs感性、秩序vs混沌、光明vs黑暗、文明vs自然、文雅vs粗野、单纯明快vs复杂怪奇，还有近世

草莓山庄

vs中世纪。反法、反理性主义、反古典主义——这就是英国哥特
复兴的精神内核。

　　哥特式由此成为一种风雅，于是开始有人尝试将其融入日常
生活。当然，这些人都属于富裕阶层，他们当中甚至有人将私人
住宅建造成哥特式的城堡或公馆。其中留名至今的一幢建筑就是
草莓山庄（Strawberry Hill House），居住在这座城堡的主人是霍
勒斯·沃波尔（Horace Walpole，1717—1797年），英国历史上
第一位首相罗伯特·沃波尔（Robert Walpole）的公子。

哥特小说的滥觞《奥托兰多城堡》

　　沃波尔曾在剑桥大学读书，后来沾父亲的光当上国会议员。
但他并没有在政界崭露头角，而是一头扎进了他酷爱的古董收藏

　　　　　　　　　　　　　怪异猎奇：世界推理小说全史

和艺术中，成了英语里所谓的"Dilettante"①，用现在的话来说就是"御宅族"。毕竟他出身显赫，家里有足够的资本供他闭门不出尽享所爱，不用工作也能活得滋润。

他追随哥特复兴的时代潮流，将私宅改建、扩建为哥特式风格，还沉迷于研究中世纪。一天，他梦见了一座不知何处的古城堡，在巨大台阶最上方的扶手上，有一只硕大无朋、戴着臂铠的胳膊。怪梦给了沃波尔灵感，他立即开始伏案写作，故事从笔尖汩汩涌出。他只用了两个多月时间便完成了这部长篇作品——后被称为第一部哥特浪漫小说的《奥托兰多城堡》（*The Castle of Otranto*，1764年）。

这部作品的灵感因梦而生，写作过程仿佛是手被笔牵引着一挥而就。20世纪上半叶的超现实主义运动领袖安德烈·布勒东（André Breton）对其给予了高度评价，称之为"最早的超现实主义小说"。下面先来介绍一下故事梗概。

故事发生在12世纪的意大利，在奥托兰多城堡里代代流传着一个令人不安的预言。"当奥托兰多城堡真正的主人在城堡内无法容身时，就是现在居住于此的一家失去城堡及领主权之际。"这个神秘预言的秘密只有现在的家主曼弗雷德亲王一人知晓。他一心想延续家族香火，为此坚持要十五岁的长子康拉德与近邻侯爵的千金伊莎贝拉结婚。

---

① 意为（艺术等的）业余爱好者，含贬义。

可就在婚礼当天，一只不知从何而来的巨大头盔突然从天而降，活活压死了康拉德。作为新郎父亲和城堡领主，曼弗雷德为了维护自己的威严、收拾现场的惨状，咬定是一个叫西奥多的男青年施妖术杀死了自己的儿子。其实这个来参加婚礼的年轻人只是领地里的一个农民。同时为了延续香火，曼弗雷德居然找借口休了妻子，向可以当自己女儿的伊莎贝拉求婚。

随后出现的种种怪异现象似乎是为了阻挠曼弗雷德卑鄙的计划——突然冒出的披着甲胄的巨大手足、从肖像画中走下来的祖先、流血的雕像。种种灵异现象让众人左支右绌。

结果，复杂的人物关系生出误解和错误，引发了悲剧性的杀人事件。最终在一连串的怪异、恐怖和惊悚之后，一个被三代奥托兰多城堡主人隐瞒的预言终于暴露出真相。

《奥托兰多城堡》之所以被称为哥特浪漫小说的滥觞，首先是因为作者在第二版序言中将这部异想天开的怪谈称为"哥特故事"（Gothic Story）。更为重要的是，作品具备了哥特浪漫小说的基本要素。这一类型的小说在其后约半个世纪里大为流行，其流脉至今未绝。

哥特浪漫小说的基本要素如下：出场人物中必有残暴不仁的恶人（曼弗雷德）、遭受迫害的少女（伊莎贝拉）和蒙尘落魄的英雄（西奥多）等套路化角色；时代背景是中世纪；地点是意大利或西班牙等异国他乡；故事往往是继承人问题引发的豪门纷争，其间人物关系错综复杂，血统疑云和阴谋诡计交织其间。

此外，哥特浪漫小说也有历史小说的特征，但作品中林林总总的大小道具使其成为不止于此的怪奇幻想之谭。

比如古城堡、修道院、废墟、地下迷宫、地下监牢、秘密房间、神秘的预言、不吉的预兆，意外发现的手记、原稿、日记、信件、山岳、森林、洞窟以及亡灵、恶魔等超自然事物和灵异现象。

作品发表之后，毫不夸张地说，读者看了"夜里害怕得都不敢上卫生间"（用现在的话来说。当时还没有卫生间，只有马桶）。但由于情节铺陈异想天开、荒唐无稽，描写怪异现象极尽夸张，灵机妙语俯拾皆是，也有今人认为，这部作品或许是沃波尔模仿莎士比亚历史剧的无稽戏作。

实际上，沃波尔在给友人的信中如此写道："身边的东西我都会把它们想得有趣滑稽，因为要是一本正经地去看，什么都显得俗不可耐。"

顺便补充一下，沃波尔晚年还著有小品文集《象形文字的故事》（*Hieroglyphic Tales*，1785年），内容是当时欧洲流行的《天方夜谭》风格的童话。这部作品被称为英国传统的"胡话文学"（Nonsense Literature）的滥觞，领先于爱德华·利尔（Edward Lear）和刘易斯·卡罗尔（Lewis Carroll）。

如果说，如此令人毛骨悚然的恐怖奇谭其实是大吹牛皮的滑稽之谈，那沃波尔堪称令人惊异的天才骗子。而事实正是如此，因为《奥托兰多城堡》的初版号称是真实事件的记录，是一本"伪书"。

初版以匿名形式出版，全书任何一个角落都没有出现作者沃波尔的名字。

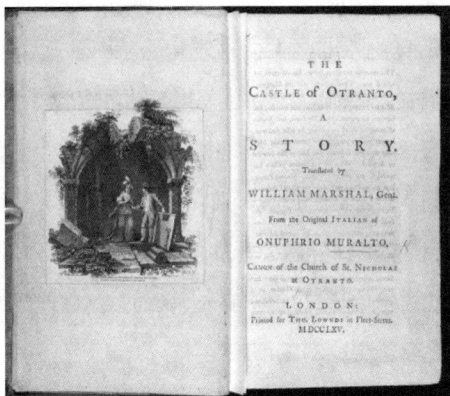

《奥托兰多城堡》初版

故事的主要情节是十字军东征时期发生在意大利的真实历史事件。该故事由天主教教士奥努费利奥·穆拉托在12世纪写成。其手抄本曾在16世纪付梓印刷，却很快就被遗忘。此次（即18世纪）该书在英格兰北部一处老宅的书房中被发现。英国绅士威廉·马歇尔将意大利语原典翻译为英语，是为《奥托兰多城堡》。如果按照现在的习惯写的话，就是"奥努费利奥·穆拉托著/威廉·马歇尔 译"。

种种伪书

在18世纪，很多小说都是以纪实文学名义发行的伪书。其中著名的是丹尼尔·笛福（Daniel Defoe）的《鲁滨孙漂流记》（*The Adventures of Robinson Crusoe*，1719年），作者名字赫然写着鲁滨孙·克鲁索，当时的读者是当作真实游记购买阅读的。有趣的是，当时就连乔纳森·斯威夫特（Jonathan Swift）的《格列佛游记》（*Gulliver's Travels*，1726年）也是被当作真实经历阅读的，作者当然就是里梅尔·格列佛。

堪称伪书杰作的还有乔治·萨曼纳扎（George Psalmanaazaar）所著的《日本天皇之属岛屿福尔摩沙历史与地理的描述》（*An Historical and Geographical Description of Formosa, an Island subject to the Emperor of Japan*，1704年）。该书作为首部向西欧介绍台湾的纪实作品大受好评。作品详细记载了所谓台湾的历史、地理、文化、风俗和语言等，但实际上所描述的情况完全是子虚乌有、只在作者大脑里存在的异国。

除此以外，还有对浪漫主义文人影响较大的伪诗集。如詹姆斯·麦克弗森（James Macpherson）的《莪相诗篇》（*The Works of Ossian*，1765年）[1]和托马斯·查特顿（Thomas Chatterton）的

---

[1] 麦克弗森假托莪相之名创作的诗集共有三部。第一部为《搜集于苏格兰高地的古诗片段，译自苏格兰盖尔语》（*Fragments of Ancient Poetry collected in the Highlands of Scotland*，1760 年），第二部为《芬格尔，6 卷本古史诗，及其他诗歌，由芬格尔之子奥西恩创作》（*Fingal, an Ancient Epic Poem, in Six Books：Together with Several Other Poems, Composed by Ossian the Son of Fingal*，1761 年），第三部为《帖莫拉，一首古代的英雄史诗》（*Temora, an Ancient Epic Poem*，1763 年）。后来在 1765 年将《芬格尔》和《帖莫拉》结集为《莪相诗篇》。

《罗利诗篇》（*The Rowley Poems*，1769年）等。前者声称是古代英雄诗人莪相用盖尔语创作的诗歌，新近被发现；后者则是在发行之前宣扬发现了一个名为托马斯·罗利（Thomas Rowley）的中世纪诗人的作品。当时这两部诗集被视为浪漫主义的经典之作受到推崇，但实则都是"如真包换"的伪书。

值得一提的是，关于托马斯·查特顿，还有一部有趣的、以文学史为题材的当代推理小说，即彼得·阿克罗伊德（Peter Ackroyd）于1987年发表的长篇小说《查特顿》（*Chatterton*）。

一位寂寂无名的当代诗人查尔斯在古董店买到一幅画，画中是一个横卧床上、已经死去的中年男子。诗人发现画中人物的原型似乎就是18世纪的神童诗人托马斯·查特顿。但历史上查特顿早在18岁就已自杀身亡。于是，对史实感到怀疑的查尔斯开始着手调查，最终发现了查特顿隐藏的手记，揭开了令人意外的真相。就像借虚构的15世纪诗人托马斯·罗利之名伪造诗集一样，查特顿伪造了自己的死亡。"死后"，还以托马斯·格雷（Thomas Gray）和威廉·布莱克（William Blake）等当时著名诗人的名义写作了诗歌。查尔斯对这一颠覆文学史的发现惊愕不已……

作品以查尔斯对已故诗人查特顿迷雾重重的创作活动展开的调查和推理分析为主线，各色人等的故事穿插其中。有与查尔斯相识、剽窃他人作品的作家，有频繁进出查尔斯妻子工作的画廊、专画名作赝品和为知名画家代笔的画匠，有19世纪前拉斐尔派画家亨利·沃利斯（Henry Wallis）的画作《查特顿之死》（*The Death of Chatterton*，1856年）的模特，有青年时代的文豪乔治·梅瑞狄斯（George Meredith），等等。不知不觉，故事发展成一部悲喜剧，与查特顿走向相同命运的查尔斯，以及过着"双重人生"的一干人等皆是剧中人。18世纪的查特顿、19世纪的梅瑞狄斯和20世纪的查尔斯跨越时空产生交集，三个不同时代的伪书、伪装、赝品、剽窃作品等相关问题最终集为一体，作者对这一过程的描写堪称巧妙鲜活。《查特顿》是加拿大文艺评论家琳达·哈琴（Linda Hutcheon）提出的"历史编撰元小说"（Historiographic Metafiction）的典型作品，也是一部后现代推理小说的杰作。

"啊，你不知道？哪有什么东西不是捏造的？""现实世界只不过是连续性的解释。落笔成文的东西都会在瞬间变成一种虚构。"《查特顿》中这样的语句随处可见。作品以"真伪"为主题，大多数出场人物满嘴谎话这一点自不待言，就连对话和叙述部分都是由其他文学作品的引文和戏仿组成的。而且实际上该书本身就是对奥斯卡·王尔德（Oscar Wilde）的中篇小说《W.H.先生的画像》（*The Portrait of Mr. W.H.*，1889年）的高仿之作。

何塞·卡洛斯·索摩萨（Jose Carlos Soomoza）的《洞穴》（西班牙语：*La caverna de las ideas*，2000年）则是这类以虚构书籍、伪书为题材的推理小说的变种，同时还是后现代元推理小说的杰作。这部长篇小说将发生在古希腊的一宗连环杀人案与现代意大利的一桩犯罪事件交叉展开、平行推进，不同时空下的两个谜团最终因为一册珍本合二为一，结局令人震惊。故事落幕时惊天谜团被解开，如果在此之前你就看穿了作者用故事叙事欺骗读者的诡计，那你就是一个天才！

这种伪书在18世纪大行其道的原因之一，与当时英国的经验主义哲学息息相关。以约翰·洛克（John Locke）为尊的经验主义哲学把一切认识的来源都归结于感觉和印象的产物。如此一来，说得极端一点，客观的真伪便无足轻重，如真实一般诉诸感性的事物即可被视作真实。

哥特复兴的精神内核也是如此，这场运动并不是要复活真正的中世纪，只是把中世纪作为浪漫主义憧憬、怀旧情趣、对启蒙理智和理性的近代文明进行反抗的对象，试图重建作为乌托邦式原始部落的中世纪。哥特复兴构建的并非历史上真实存在的中世纪世界，而是作为理想桃源的、仿冒的中世纪哥特文化。也就是一种幻影（simulacrum），是没有原件的复制品。

哥特的精髓是伪造精神

沃波尔的私宅草莓山庄是与洛可可风格相折中的仿哥特式城堡。庭院中仿造了意大利风景，最吸引眼球的废墟也是刻意新造出来的。是的，哥特文化基本上是因伪造精神而大放异彩。

捷克超现实主义艺术家、编剧杨·史云梅耶（Jan Svankmajer）导演的《奥托兰多城堡》（1973—1979年）将原著小说的伪造精髓以视觉化的形式完美重现。这部电影短片将真人出演的模拟纪录片与折纸动画融为一体，前者是影片的故事框架，后者则展现了原著小说的哥特风貌。史云梅耶导演以纪录片的形式介绍了一位当代学者在捷克发现真正的奥托兰多城堡的过程，这一过程就是整部影片的故事框架，且过程的讲述与原著故事的发展相互对应。当然，城堡发现的过程是子虚乌有的，这部影片就是所谓的伪纪录片（Mock Documentary）。

作为幻影的伪书和伪纪录片叙事的代表风格是"重见天日的原稿"。还有一种方法是将手稿、日记、信件、自述等碎句短章收集拼凑在一起，去探寻背后的事件真相。这与从化为废墟的断壁残垣中追忆往昔美好异曲同工。那些残缺的文本就像是一座废墟，只不过是伪造的废墟。

作为例子，这里再举几个风格和趣味与之相同的哥特小说，或许有助于读者理解哥特的伪造精神。比较有名的是玛丽·雪莱（Mary Shelley）的《弗兰肯斯坦》（*Frankenstein*，1818年，书中怪物本身就是由不同尸体的肢体拼凑而成的）和斯托克的《德古拉》（最后因为米娜的打字机的缘故，原件丢失，只剩下复制品），另外还有斯蒂芬·金（Stephen King）的《魔女嘉丽》（*Carrie*，1974年，故事舞台所在的城市化为了废墟）。另外，像伪纪录片一样通过叙事来欺骗观众的作品中，特别优秀的有翁贝托·埃科（Umberto Eco）的哥特推理小说《玫瑰之名》（意大利语：*Il nome della rosa*，1980年）和阿拉斯代尔·格雷（Alasdair

Gray）的《可怜的东西》（*Poor Things*，1992年），后者被称为《弗兰肯斯坦》和《一位称义罪人的私人回忆录与自白书》（*The Private Memoirs and Confessions of a Justified Sinner*）两部作品相结合的后现代版。此外，在娱乐小说领域有马克斯·布鲁克斯（Max Brooks）的《僵尸世界大战》（*World War Z*，2006年），这部作品是近年来流行的丧尸题材的代表作品，写作模仿了纪实作品的手法之一——口述史（Oral History）的形式。

如今随着科技的进步，伪纪录片中"重见天日的原稿"发展成了"重见天日的胶片（录像带）"，比如电影《女巫布莱尔》（*The Blair Witch Project*，1999年）。其日文版《咒》（2005年）非常出名。

虽然前者被称为《最后的广播》（*Jersey Devil Project*，1998年）的山寨版，但如果照此深究的话，两部作品的源头都是鲁杰罗·德奥达托（Ruggero Deodato）导演的《人食人实录》（*Cannibal Holocaust*，1980年）。当然，若要进一步追溯《人食人实录》的起源，那就不得不提瓜蒂耶罗·雅克佩蒂（Gualtiero Jacopetti）的《世界残酷奇谭》（意大利语：*Mondo Cane*，1962年），这个系列开辟了伪纪录片的一片天地。

这些影片的拍摄基本采用了第一人称视角（POV摄影），相当于游戏中的FPS（First-person shooting game，第一人称射击游戏），或成人影片的自拍[①]。伪纪录片式哥特恐怖电影《女巫布莱

---

① 指没有性行为当事人以外的摄影师在场，仅由当事人自己完成拍摄。

尔》上映后，掀起全球观影狂潮，并相继催生了《死亡录像》（REC，2007年）、《灵动：鬼影实录》（*Paranormal Activity*，2007年）、《死亡日记》（*Diary of the Dead*，2007年）、超能力科幻恐怖电影《超能失控》（*Chronicle*，2012年）等风格趣味相同的热门作品。

马克·Z. 丹尼尔夫斯基（Mark Z. Danielewski）的《书页之屋》（*House of Leaves*，2000年）用文字再现了《女巫布莱尔》的虚构世界，该作品也被称为后现代哥特小说的金字塔。

这部大作中，各种各样的纪实元素、虚实交织的注释、错综其间的拼贴式内页排版使得文本恍如一座迷宫。故事的焦点是一幢内部空间维度变换无穷的房子，就像这幢房子一样，欺骗性的叙事如万花筒般变化，不停地切换着时间与空间。

刚才写道"故事的焦点是一幢内部空间维度变换无穷的房子"，其实严格来讲，拍摄怪屋的录像胶片才是故事的焦点。老人关于神秘录像胶片真伪的研究手稿，又是对该手稿进行研究的故事的焦点，而在对手稿进行研究的故事中又有整理手稿的年轻人添加的注释，汇总这些注释的无名编辑又添加了一些附属内容，并附上了年轻人母亲的来信。这些叙述的片段与胡乱变形的排版、插图、照片等一道，呈螺旋状推进，时而脱离故事主干，时而超越所在的叙事层次。

作者之所以能够以文字为线，编织出如此复杂多层的元小说，是因为在幻影的世界中，并不意味着只有真品与伪品的二元对立。因为没有原件，所以只有让复制品充当原件。而为了更加接近假想的真，假的东西可以造出更假的东西，以之作为接近真的垫脚石。于是便产生了层层嵌套的故事，一个故事在上一个故事中展开，又包蕴下一个故事。比如马修·格雷戈里·刘易斯（Matthew Gregory Lewis）的《修道士》（*The Monk*，1796年）和查尔斯·马杜林（Charles Maturin）的《流浪者梅莫斯》（*Melmoth the Wanderer*，1820年）等知名哥特小说就是碎片故事的集合。

在《书页之屋》中，真赝关系的设计更加匠心独运。写下神秘胶片研究手稿的老人居然双目失明！整理老人手稿的年轻人还是个瘾君子，而他的母亲竟然是从精神病院给儿子写的信！全都是"不可信任的叙述者"。而且在迷宫般的屋子里发现的书籍就是读者手中的《书页之屋》。更夸张的是，内部维度变幻无穷的房子的主人、拍摄录像的男子居然将《书页之屋》看一页烧一页，借以照亮在房子内部巨大的黑暗空间中前行的道路。

当然，作为故事焦点的怪屋（家庭、家人）就是西格蒙德·弗洛伊德（Sigmund Freud）所说的"令人害怕的东西"（德语：*unheimlich*）的表象。弗洛伊德的这一说法非常有名，是说熟稔、亲近、故乡般的东西以及仿佛自家屋里的东西，会以一种令人恐惧不安的形象出现在人们面前。

男屋主将手中的《书页之屋》一页页全部烧掉后剩下的是无，失去光明之后，在前方等待他的是黑洞般的虚无。

也就是说，由虚假叙事构成的《书页之屋》的焦点实则是虚无这一令人害怕的东西，这应该也是不言自明的。没有原件的复制品、欠缺实体的表象——仅由这些构成的东西，容易让人将其与鬼魂等虚无缥缈之物画上等号。如此就能理解，《书页之屋》是幽灵游荡其间的哥特恐怖小说。

"当你凝视虚无（深渊）时，虚无（深渊）也在凝视着你。"这是尼采（Nietzsche）的名言。就像胡里奥·科塔萨尔（Julio

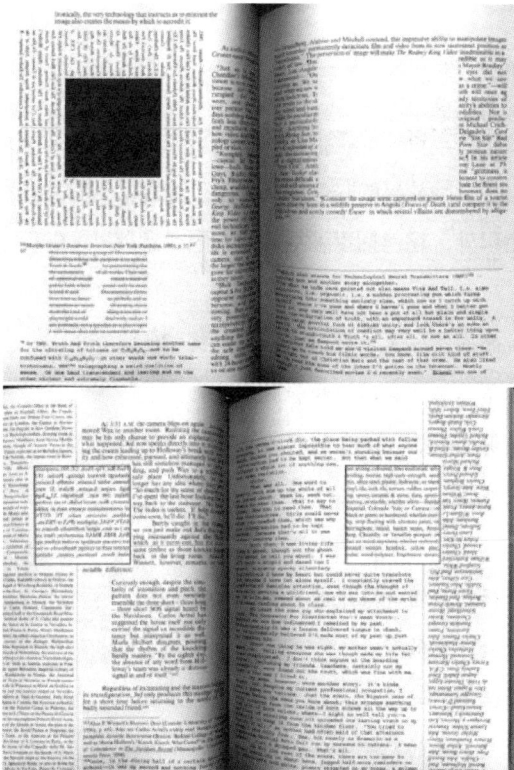

《书页之屋》正文排版

Cortázar）的短篇杰作《美西螈》（*Axolotl*, 1956年）的主人公那样，人通过凝视虚无，可以产生一种自我陶醉的愉悦，仿佛自己也化为虚无。这对疲于探索自我、对他人的存在感到恐惧的现代人来说，是一片可以藏身的绿洲。所以，在反身性疾病蔓延的今天，哥特文化的热潮依旧人气不减也毫不足怪，因为它从内部孕育着虚无，拥有令人自我陶醉的虚假特质。

恐怖之美

如上所述，哥特浪漫小说就是由这种伪造精神所支撑的。除了前面已提及的故事的时代背景、发生地点、人物角色和大小道具等特色以外，还包括以下基本的主题或意象。

1. 封闭的空间（古城堡、深宅大院或迷宫等）

2. 笼罩作品全篇的神秘和威胁

3. 难解的预言、不吉的预兆、可怖的幻视

4. 挑战现实的超自然事物（恶魔、幽灵和怪物等）或不合理事象的介入

5. 昂扬的热情和过度的感性

6. 遭受迫害的少女

7. 残暴不仁的恶人

8. 受到诅咒的血统

9. 死亡、暴力以及倒错的性

或许放在前面介绍更加合适，这里提一下哲学家、美学家埃德蒙·柏克（Edmund Burke）的《关于我们崇高与美观念之根源的哲学探讨》（*A Philosophical Inquiry into the Origin of Our Ideas of the Sublime and Beautiful*，1757年）。这本书被称为哥特浪漫小说的理论武装，更颠覆了当时关于美的概念。

说起传统的美，一般指的是古典、和谐、匀称、统一、秩序井然的美。具体而言，是指小巧圆润、艳丽纤细、赏心悦目的美，也就是女性的、舒心的美。但是柏克反其道而行之，他认为被人们视为丑陋且避之不及的东西中也蕴藏着美。比如巨大的、力壮的、宏大的、坚硬粗粝的、如黑暗或沉默一般若有所缺又令人恐惧不安的东西，也就是令人感到男性般的威胁和恐怖的东西。他将这种令人感觉恐怖和不安的另外一种美，即恐怖带来的愉悦命名为崇高美（sublime）。

不管用什么方式，只要能够刺激苦痛的精神，也就是说只要能够营造恐怖，那就是崇高的源泉。哥特浪漫小说这种故事类型，不惜笔墨描写的恐怖就是为了让读者享受受虐带来的倒错快感。意大利硕儒马里奥·普拉兹（Mario Praz）在选集《三部哥特小说》（*Three Gothic Novels*，1968年）的序文中如此写道：

对作为欢喜之源的"恐怖"的发现，影响了"美"本身的现实概念。"恐怖"不再是"美"的类别之一，而成为其本质要素之一。人在尚未察觉到"美丽的恐怖"之际，视线就转移到了

"恐怖的美丽"。[1]

要说"作为欢喜之源的'恐怖'"在法国的发现者，不得不提萨德侯爵（Marquis de Sade）。这位侯爵的情色小说几乎都是哥特风格的，在法国这种作品被称为暗黑小说。关于哥特浪漫小说，这位违背世俗伦理道德的殉教者在自选短篇集《爱之罪》（法语：*Les Crimes de l'amour*，1800年）的序文《小说论》中如此写道：

不管谁说了什么，我们只管承认，这个文学类型（哥特浪漫小说）绝对不是毫无价值的。它是影响全欧洲的革命大动乱所带来的不可避免的结果。当一个人洞晓坏人能给好人带来的所有灾祸时，对他来说，阅读小说便十分无聊。同样地，要写出一部小说也十分困难。短短四五年的时间，人类就经历了小说大家要花百年时间方能书写的厄运逆境。因此，为了创作出足以引发读者兴趣的作品，作家不得不向地狱借鉴题材，不得不向空想国度寻求通过探索这个黑暗时代的人类历史即可轻易得到的知识。

---

[1]　本书引文均由译者根据原书的日文译文或日文原文翻译，下同。

第 2 章

恐怖的
两种类型

18世纪90年代是哥特浪漫小说的鼎盛期。作家安·拉德克利夫（Ann Radcliffe）尤为受到追捧，可以说是18世纪末的斯蒂芬·金。不过考虑到她的性别，或许称其为那个时代的安妮·赖斯（Anne Rice，代表作《夜访吸血鬼》，*Interview with the Vampire*，1976年）更为合适。

拉德克利夫不仅深受普通大众的喜爱，还

得到了行内专家的高度认可。以沃尔特·司各特（Walter Scott）为首的作家和文艺评论家称其为"第一位写作浪漫主义小说的女作家"，甚至有人夸她是"浪漫主义作家中的莎士比亚"。

尽管备受赞誉，但在写作哥特浪漫小说的女作家当中，拉德克利夫却并非开山鼻祖。早于拉德克利夫的首先有作家克拉拉·里夫（Clara Reeve），她的《英国老男爵》（*The Old English Baron*，1778年）被誉为《奥托兰多城堡》的"直系子孙"。其他拥有较多读者的女性哥特浪漫小说作家还有《幽屋》（*The Recess*，1783—1785年）的作者索菲娅·李（Sophia Lee）和《埃米琳，城堡孤儿》（*Emmeline, The Orphan of the Castle*，1788年）的作者夏洛特·史密斯（Charlotte Smith）等人。

后来简·奥斯汀（Jane Austen）以拉德克利夫的作品作为参照，发表了揶揄哥特浪漫小说的戏仿（parody）小说《诺桑觉修道院》（*Northanger Abbey*，1798年写作，1817年发表）。顺便提一下，同时代的讽刺作家托马斯·洛夫·皮科克（Thomas Love Peacock）则在长篇小说《噩梦修道院》（*Nightmare Abbey*，1818年）中讽刺嘲笑了一众哥特浪漫小说作家。

实际上，"哥特小说"是20世纪才创造出来的文艺术语，这一文学类型的鼻祖沃波尔将自己的作品《奥托兰多城堡》称为哥特故事。但在18世纪，这类小说更多地是被称为恐怖故事（terror story），而非哥特故事。因此也有批评家戏称当时的哥特小说作家是"小说创作法的恐怖分子（terrorist）"。如此称呼也与时代背景有关，当时法国大革命爆发，正是罗伯斯庇尔（Robespierre）推行恐怖政治的时期。

那么哥特浪漫小说这一名称是从哪里产生的呢？直接具体地说，一开始就是专指拉德克利夫的作品。她初期作品的标题包括《西西里传奇》（*Romance of Sicily*，1790年）和《森林传奇》（*The Romance of the Forest*，1791年），代表作《奥多芙的神秘》（*The Mystery of Udolfo Castle*，1794年）的副标题也是"诗歌穿插其间的传奇"（A Romance Interspersed with Some Pieces of Poetry）。

作为最早的浪漫主义小说女王，拉德克利夫的影响甚广，从夏洛特·勃朗特（Charlotte Brontë）的《简·爱》（*Jane Eyre*，1847年）和艾米莉·勃朗特（Emily Brontë）的《呼啸山庄》（*Wuthering Heights*，1847年），到达夫妮·杜穆里埃（Daphne du Maurier）的《蝴蝶梦》（*Rebecca*，1938年）和维多利亚·霍尔特（Victoria Holt）的《吞噬少女的流沙》（*The Shivering Sands*，1969年），再到当代历史悬疑推理小说《半身》（*Affinity*，1999年）的作者萨拉·沃特斯（Sarah Waters）以及艾瑞丝·约翰森（Iris Johansen）和琳达·霍华德（Linda Howard）等作家的浪漫悬疑小说，最终延绵至"禾林传奇"（Harlequin Romance）①。

拉德克利夫的作品之所以能够走红，其秘密就在于通过巧妙

---

① 禾林指禾林出版公司（Harlequin Enterprises Limited），总部位于加拿大，是全球最大的浪漫爱情小说出版商。

叙述来延续悬念，这是此前作品中未曾出现过的写作手法。拉德克利夫通过细致地描写女主人公过度的敏感性、与妄想只有一纸之隔的过于丰富的想象力，从而使悬念贯穿始终。

过度的敏感性

在18世纪的英国，敏感性（sensitivity）受到尊崇。比如有人说"法国人以充分的理智为善物，英国人以涌动的情感为美德"。这当中有英国经验主义哲学家约翰·洛克的《人类悟性论》（*An Essay Concerning Human Understanding*，1689年）的影响。

女主人公过度的敏感性一般表现在动辄郁郁寡欢、黯然神伤，或流泪不止、面红耳赤、怅然若失，这些举止在当时被认为极富女人味。仔细想来，其实到了20世纪，电影和小说中还常常有女性角色因为极度悲痛或恐怖场面而长年失魂落魄。

这里有必要及时说明一下，在拉德克利夫等人的作品之前，过度敏感的角色也常在小说中出现，而且这类作品曾经非常流行。从塞缪尔·理查森（Samuel Richardson）的《帕米拉》（*Pamela*，1740年）开始，经过奥利弗·戈德史密斯（Oliver Goldsmith）的《威克菲尔德的牧师》（*The Vicar of Wakefield*，1766年）和劳伦斯·斯特恩（Laurence Sterne）的《多情客游记》（*A Sentimental Journey Through France and Italy*，1768年），再到亨利·麦肯齐（Henry Mackenzie）的《重情者》（*The Man of Feeling*，1771年），大量的这类作品形成了感伤小说形式

怪异猎奇：世界推理小说全史

（Sentimental Novel）。当时人们认为提升对人生和艺术的感受能力有助于培养美德和道德，尤其感情丰富会让女性更加美丽迷人。

但到了18世纪末，人们开始认为过度敏感的人容易感情激烈、具有煽动性，从而产生危险。法国大革命以及趁势而起的民众暴动就与之有关。也就是说，失去控制的感情具有破坏性，与狂热疯癫别无二致。

刚才提到的简·奥斯汀的《诺桑觉修道院》虽然采用了戏仿哥特浪漫小说的形式，但实际上对奉过度敏感性为金科玉律的"读书的女人"提出了警醒。她的另一部代表作《理智与情感》（Sense and Sensibility，1811年）也是在这一思想下创作的长篇。

弗拉戈纳尔《读书的少女》

说到多愁善感的"读书的女人"，夏洛特·伦诺克斯（Charlotte Lennox）的《女吉诃德》（*The Female Quixote, Or The Adventures of Arabella*，1752年）就是一部以之为主题的长篇喜剧小说。我们知道塞万提斯（Cervantes）的《堂吉诃德》（西班牙语：*Don Quixote*，1605年）是一个中年男子的悲喜剧，主人公因为中世纪的骑士小说看得太多，满脑子都是骑士幻想。而在《女吉诃德》中，女主人公因沉迷于法国历史浪漫小说，而陷入对浪漫爱情的幻想，作者生动幽默地描写了因此而闹出的种种误会和笑话。有人认为，《诺桑觉修道院》的创意似乎就来自《女吉诃德》。

值得一提的是，在父权制资本主义社会，有男性认为小说会煽动热情，使人染上不理性的感伤，勾起威胁贞节和秩序的情欲，因此女性读书是件很危险的事情。从18世纪下半叶至19世纪，以让-奥诺雷·弗拉戈纳尔（Jean-Honore Fragonard）的画作《读书的少女》（法语：*La Liseuse*）为代表，"读书的女性"这一形象被大量用于艺术创作（包括凡·高、雷诺阿、柯罗等人），尝试思考这一表象的深意也颇为有趣。雷蒙·让（Raymond Jean）原著、米歇尔·德维尔（Michel Deville）导演的《侍读女郎》（法语：*La Lectrice*，1988年）也值得一看，虽然女主人公生活在现代都市，但本质上也是一位"女吉诃德"。

蕴含崇高美的恐怖

过度敏感且想象力丰富的女主人公的内心世界与外界的自然

环境，拉德克利夫通过让两者产生共鸣，从而使悬念迭起。比如，当女主人公因被恶人紧追不舍而惊慌失措时，必会瞬间乌云四起、电闪雷鸣。不管怎样，这是拉德克利夫为文学创作留下的功绩。其实这与第1章提到的埃德蒙·柏克主张的新美学——"崇高美"有着紧密关系。

柏克提出"崇高美"的背景是当时"画意书写"（picturesque）这一概念在风景画领域备受推崇。如今翻开英语字典，其意思是"如画的、优美的"，但在哥特复兴方兴未艾的18世纪，人们使用"picturesque"表达的意思是"荒凉的、带刺凶险的"。词语描述的是原始粗犷的自然，也就是令人生畏的男性美——崇高美的世界。

拉德克利夫的自然描写被称为可用文字感知的"画意书写"，其作品中女主人公的敏感与自然呼应共生，近乎一种崇高美。这种蕴含崇高美的恐怖就是"心理恐怖"。《奥多芙的神秘》正是讲述这种"心理恐怖"与惊悚的杰作。

故事发生在16世纪。女主人公艾米丽在一个富裕的家庭出生长大，在法国西南部的加斯科涅度过了幸福的少女时光。母亲死后，她和父亲越过比利牛斯山脉前往地中海旅行。在那里，她与青年瓦兰柯尔特邂逅并坠入爱河。后来父亲也不幸去世，父母双亡的她被姑妈夏伦夫人收养。姑父蒙托尼是一个意大利贵族，如今是哥特浪漫小说史上鼎鼎大名的恶人。心肠歹毒的蒙托尼盯上了艾米丽的财产，试图强迫她与自己的朋友莫拉诺伯爵结婚。但艾米丽已经有了深爱的瓦兰柯尔特，压根没有考虑过嫁给其他男人。于是冷酷无情的蒙托尼将天真无邪的艾米丽囚禁到自己在意大利的奥多芙城堡，并开始虐待她。同时，古城堡中开始发生种种怪异事件。

《奥多芙的神秘》将拉德克利夫作品的艺术特色表现得淋漓尽致。其作品具备哥特浪漫小说的必备元素：时代是中世纪，地点是意大利和法国等异国他乡，场景设定包括古城堡、废墟、地下监牢和地下迷宫等，人物角色有贵族身份的恶人和遭受迫害的少女等，当然还有超自然的事物和现象。而且最后出现的超自然现象都会在故事结尾得到合理的解释，即怪异现象都是恶人为了在精神上折磨女主人公而人为设置的诡计圈套。如此一来，搅浑理性世界的超自然被理智的力量一刀斩去，世界重新回到秩序井然的状态，恢复成邪不压正、劝善惩恶的世界。从这里也可以看出现代推理小说的原型。

色情怪诞恐怖小说的鼻祖

《奥多芙的神秘》作为哥特浪漫小说的代表作影响了众多作家，马修·格雷戈里·刘易斯就是其中一位。读完《奥多芙的神秘》，刘易斯萌生了创作一部哥特浪漫小说的想法，他仅用十个星期的时间便完成了长篇小说《修道士》。

故事发生在中世纪的西班牙马德里。弃儿安布罗斯从小被修道院抚养长大，一直在里面虔诚修行，没有离开过半步，因此年纪轻轻就当上了修道院院长。安布罗斯擅长讲经说教，无出其右，他每次公开讲解教义时，广场上都挤满了人，他也成为女信众们仰慕的对象。一天，一个名叫罗萨里奥的俊美少年前来拜访，称希望当一名见习修道士。少年如愿以偿，但后来安布罗斯意外发现他其实是女儿身。原来这个女孩爱上了安布罗斯，便想出女扮男装的计策来接近他。后来这位自称玛蒂尔德的可人少女居然提出与安布罗斯发生肉体关系。圣德长袍下的青年安布罗斯情欲涌动，在从未见过的女性胴体前败给了诱惑。

之后安布罗斯便每日与玛蒂尔德颠鸾倒凤、同谐鱼水之欢。没有想到的是，玛蒂尔德通晓黑魔法，安布罗斯也沾染了魔法，并企图用邪恶的魔法强迫镇上的姑娘安托尼娅成为自己的淫欲对象。他正要奸污处女安托尼娅时，被姑娘的母亲撞见，安布罗斯冲动之下杀死了女孩母亲，犯下了杀人罪。后来魔女玛蒂尔德的真面目也被揭开，结果令人惊愕。

以上是《修道士》的主干故事。这是一个破戒的修道士堕入地狱的故事，除此以外作者还并行讲述了青年贵族雷蒙德与少女阿古奈斯被反对的爱情故事。两条主线最终合为一体。

有意思的是，在雷蒙德与阿古奈斯的故事部分，按照哥特浪漫小说的惯例，遭受迫害的少女阿古奈斯被绑架、监禁在城堡里，然后雷蒙德设法营救。他利用古城堡中有"流血修道士"的传说，打算把阿古奈斯装扮成修道士的幽灵，趁众人恐慌之际使其逃脱。结果，雷蒙德带出的却是真正的"流血修道士"，而不是扮成幽灵的阿古奈斯。原以为是幽灵，实际是恶人的伪装——这是拉德克利夫式的"可解释的超自然"。另一方面，原以为是有血有肉的人，实际上却是幽灵——这是刘易斯式的"无法解释的超自然"。也就是说，尽管刘易斯受到了拉德克利夫一系列哥特浪漫小说的影响，但实际创作的《修道士》却是对拉德克利夫作品的戏谑。

说到刘易斯所受的影响，主要有德国的狂飙突进运动，尤其是歌德（Goethe）的感伤小说《少年维特之烦恼》（德语：*Die Leiden des jungen Werthers*，1774年）和席勒（Schiller）的《强盗》（德语：*Die Räuber*，1781年）以及卡耶坦·钦克（Cajetan Tschink）的《一个招魂者的故事》（德语：*Geschichte eines Geistersehers*，1790年）和卡尔·格罗塞（Carl Grosse）的《守护精灵》（德语：*Der Genius*，1791—1795年）等秘密结社小说、魔法题材政治小说。当时这些德国恐怖文学作品备受推崇，被认为"故事充满了惊悚事件与神秘事象，而没有无聊的恋爱纠葛"。

《修道士》摆脱了拉德克利夫式的感伤哥特浪漫小说风格，是一部德国浪漫派的煽情哥特浪漫小说，作品一出版就引发争议并立即被禁。据说大名鼎鼎的萨德侯爵曾对该作品大加赞赏，仅从这点也能推测其内容尺度之大。作者栩栩如生、细致入微地描写了拷问、杀人、强奸和乱伦等场景，突破了纤细的敏感性，将情欲写得无比细腻。浪漫主义大诗人塞缪尔·泰勒·柯勒律治（Samuel Taylor Coleridge）如此评价道："在家风正派的家庭，要是父母看到子女在看《修道士》，估计脸都要被气白了。"

《修道士》中，年轻的修道士经不住恶魔的诱惑，辜负人们的信任，做尽罪恶卑鄙之事。故事中充满了直接加诸身体的性倒错和苦痛，这是恐怖的另一种形态——"生理恐怖"（horror）。

悬念与恶俗的技法

当然，"心理恐怖"派的拉德克利夫对刘易斯的《修道士》愤慨不已并提出异议，她随即发表《意大利人》（*The Italian*，1797年），似乎在说"这才是真正的恐怖"。拉德克利夫还顺手写了一篇批评性的随笔《诗歌中的超现实主义》（*On the Supernatural in Poetry*，死后出版），在里面如此写道：

"心理恐怖"能开阔心胸、唤醒提高身心功能。"生理恐怖"则使身心萎缩、冻僵发硬，将其逼入濒死状态。

也就是说，"心理恐怖"给弛缓的精神注入活力，让人体验自我的昂扬之气和崇高之美。与之相比，"生理恐怖"只会让肉体失控，面对眼前的威胁，肉体动弹不得、膝盖发抖、腰杆无力、四肢麻痹，结果或意识错乱，或失神无主。

要是把两者的区别用今天的文娱作品来简单解释的话，"心理恐怖"是描写心理战栗的悬疑电影（Suspension Movie），"生理恐怖"则是描写肉体恐怖的血腥暴力电影（Splatter Movie）。前者通过模糊不定来刺激想象力，从而产生崇高美；后者只不过是一种恶俗趣味，通过对具体的肉体直接施加暴力，来刺激观众低俗的好奇心。不过从个人喜好来讲，笔者更倾向于后者。

刚才说"心理恐怖"就像描写心理战栗的悬疑电影，悬疑片大师阿尔弗雷德·希区柯克（Alfred Hitchcock）导演在解释什么是悬疑时经常会搬出"桌下炸弹理论"。

桌子下面藏着一颗炸弹，剧中角色和观众都不知道，炸弹突然爆炸只会产生一瞬间的惊讶。如果剧中角色不知道桌子下面藏着一颗炸弹，但观众事先知道，这组镜头只要一直保持就会延续悬念。对炸弹毫不知情的剧中角色谈笑风生或犯困打盹儿，观众会对这个场景提心吊胆或焦躁不安，将自己的感情代入到剧中角色身上。

或者也可以用下面这个场景来说明。

不知道能不能赶上要坐的那趟火车，只得拼命往车站奔跑，这是悬念（suspense）。冲上月台，在发车一瞬间抓住了车门的栏杆，这是激动（thrill）。赶上后如释重负地坐到座位上，突然发现上错了车，这一瞬间是震惊（shock）。

如果把这三种情感用"桌下炸弹"的场景来说明，应该是下面这样。

剧中角色都没有注意到一颗定时炸弹被设置在桌子下面，上面的秒针正嘀嘀嗒嗒地走向倒计时（悬念）。突然炸弹被意外发现，于是剧中角色奋力拆除定时炸弹（激动）。但没有来得及拆除，终究还是爆炸了（震惊）。

现代恐怖小说大师斯蒂芬·金在1983年接受美国版《花花公子》（*Play Boy*）杂志采访时如此回答：

> 每个层次都比在它上面的那个层次要稍微露骨、低俗。层次最高的是心理上的恐怖（terror），一个作家应当能够在读者内心激起这样的情感。其次是生理上的恐怖（horror），最底层的是刺激本能厌恶感的恐怖。当然，我首先追求的是心理上的，如果无法做到，会试图在生理上让人不寒而栗。如果这也不行，那就描写诉诸本能的、低俗的、惹人厌恶的恐怖。我不在乎读者说我低俗。

这里斯蒂芬·金所说的"低俗的、惹人厌恶的恐怖"就是"gross out"①。要用电影举例说明的话，就是亚历山大·阿嘉（Alexandre Aja）导演的《高压电》（法语：*Haute Tension*, 2003年）、温子仁（James Wan）导演的《电锯惊魂》（*Saw*, 2004年）和伊莱·罗斯（Eli Roth）导演的《人皮客栈》（*Hostel*, 2005年）等影片开创的新型恐怖电影和拷打折磨（gorno）题材的恐怖电

---

① 意为"令人作呕、使人恶心、令人憎恶"。

影。"gorno"听起来比较陌生，其实是把意为血腥的"gore"与催生情欲的"pornography"①组合在一起而创造的词②。

还是继续用"桌下炸弹"来说明。

剧中角色都没有注意到一颗定时炸弹被设置在桌子下面，上面的秒针正嘀嘀嗒嗒地走向倒计时（悬念＝心理恐怖）。突然炸弹被意外发现，于是剧中角色奋力拆除定时炸弹（激动）。但没有来得及拆除，终究还是爆炸了（震惊＝生理恐怖）。室内充满了溅得到处都是的血液和脑浆、炸成碎片的四肢和脑袋、在地上滚动的眼球、从身体里飞出的内脏，一切都被拍得清清楚楚（血腥＝恶俗）。

回到拉德克利夫和刘易斯的话题上来。我们可以把两人看作是哥特浪漫小说鼎盛时期心理恐怖派和生理恐怖派的两个互相对立的代表，并且还可以从其他角度进一步比较两人：女性作家vs男性作家、敏感性vs煽情性、诗意的现实主义vs散文的奇思妙想、理性vs非理性。虽然这么区分有些教条刻板，但或许可以帮助读者理解哥特浪漫小说的两个潮流。

当然也不是所有的女性作家都是心理恐怖派，写的都是多愁善感的女主人公，结尾都会对超自然现象有合理的解释。比如夏洛特·戴克（Charlotte Dacre）的《佐芙萝娅》（*Zofloya*，1806年）

---

① 意为淫秽作品，色情书刊或音像制品。
② "gorno"的原文为"ゴルノ"，系根据"gore"和"pornography"创造的外来语。

怪异猎奇：世界推理小说全史

就是《修道士》的"嫡子"。要知道她初版发行时用的笔名便是罗莎·玛蒂尔德（Rosa Matilda），取自《修道士》中的魔女玛蒂尔德及其乔装的少年之名罗萨里奥（Rosario）。因此内容也是充满了性和暴力，几乎是色情版的《浮士德》（Faust）。还有一点大胆创新的是，被恶魔唆犯下种种恶行的是女性角色。

另一方面，《佐芙萝娅》出版翌年，一本题为《奥多芙的修道士》（The monk of Udolpho）的作品诞生，书名明显是想蹭《奥多芙的神秘》和《修道士》的热度。作者是T.J.霍斯利·柯蒂斯（T.J.Horsley Curtis），虽然是男性作家，作品却是拉德克利夫风格的。

社会派悬疑的始祖

18世纪90年代，哥特小说史上的另一部重要作品诞生。书名为《凯莱布·威廉斯传奇》（Caleb Williams, 1794年），作者威廉·葛德文（William Godwin）是一名政治思想家和作家。

作为《政治正义论》（Enquiry Concerning Political Justice and its Influence on Modern Morals and Happiness，1793年）的作者，当时葛德文受到热情感性的浪漫主义年轻人的追捧。他还是无政府主义思想的鼻祖，接受过法国启蒙主义的洗礼，站在理性主义和功利主义的立场，彻底追求理性之人应有的幸福。

葛德文认为人性本善，社会（环境、习惯、制度）险恶，每个人都潜藏着无限可能，但社会抑制了人的潜能，为了人类的进步，必须破坏作为社会基础的法律和秩序。现有的所谓社会正义只是富人（强者）对穷人（弱者）施加的权力，真正的正义应该是为了幸福，实现众生平等。而现在的正义成了掌权者镇压和专制的手段，因此要充分发挥理性的力量，瓦解现有的社会体制。《政治正义论》就是这样一部以让–雅克·卢梭（Jean-Jacques Rousseau）的浪漫主义为思想基础的、激进的社会改革著作。

但由于这部书价格昂贵、晦涩难懂，知识分子和文人暂且不论，很难在作为目标读者的大众中普及。于是他创作了《凯莱布·威廉斯传奇》，这是按照当时非常流行的哥特浪漫风格创作的一部长篇，采用了普通读者也能轻松捧读的小说形式。作品其实是一种政治宣传小说，这从初版的标题"社会的现状"，副标题"凯莱布·威廉斯的冒险"就可见一斑。

故事主人公凯莱布·威廉斯是个淳朴天真的青年，在大地主福克兰家当用人。富甲一方的福克兰乐善好施、德高望重。孤儿出身的凯莱布对收养自己、将自己视若己出的主人福克兰十分敬爱。突然某一天，福克兰的仇家、一位住在附近的地主被人杀害。凯莱布意外发现主人有些可疑，于是他展开调查，最终证实了自己的怀疑。对此有所察觉的福克兰露出了本性，想尽各种办法企图堵住凯莱布的嘴。于是，故事发展为你追我躲、险象环生的追捕逃亡故事。

以上是故事的主要内容。作者在书中借凯莱布的独白，揭露了不公正的"社会的现状"和不合理的司法制度，这部分由于充满说教口吻，读来枯燥无味。作者对主仆二人的心理描写则是全书的精彩之处。凯莱布一心想要发现主人的真面目，好奇心已发展成执念；福克兰则惴惴不安，担心自己可能会被看透本性，受到法律审判。在故事的后半部分，两者的境遇发生了逆转。社会站到了有钱、有势、有名的一边，让乳臭未干的穷小子吃尽了苦头。

为揭露事件真相而对嫌犯步步紧逼的凯莱布，结果反倒走上了逃亡之路，可以说是哥特浪漫小说中常见角色类型"遭受迫害的少女"的男青年版。福克兰威胁凯莱布说："要逃出我的手掌心，比从全知全能的神的手掌心逃脱还要难。"

凯莱布乔装打扮四处躲逃，却感觉福克兰的双眼无处不在，无时无刻不在窥视着自己，也就是"追踪罪犯的全知者的眼睛"。只不过在故事前半段，是凯莱布窥视着福克兰。

也就是说，这是一部"全景式监狱"（panopticon）小说。"全景式监狱"是英国功利主义哲学家、法学家杰里米·边沁（Jeremy Bentham）于1791年构思的一种监狱及精神病院等收容机构的设计。

具体而言，就是在环形布局的囚室中央设置一座眺望塔，监视人员可以从塔内监视四周牢房里的犯人。这种设计使得囚犯看不到监视人员，监视人员却能掌控监狱状况和所有囚犯的一举一动。这种视线是代表法律、秩序、制裁一方的视线，也象征着神

全景式监狱

平克顿侦探事务所的徽章

的视线，所谓"举头三尺有神明"。

　　神明深藏不露，但对你的注视是确凿无疑的；神明真身不显，视线却无处不在。你随时随地都被监视着——这种意识内化于心后，囚犯就会变得顺从老实、遵守规矩。

　　将全景式监视系统用在管理囚犯的监狱倒也无可厚非，但用于一般人就令人毛骨悚然了。《凯莱布·威廉斯传奇》讲述的就是这种恐怖。掌权者（全知全能）无法捕捉的视线，作为一种令人生畏的东西，在"遭受迫害的少女"——应该说是"遭受迫害的青年"身上得到了具体表现。

　　侦探（密探）其实就是一种超眼（super eye）的视线。美国首家私人侦探机构"平克顿侦探事务所"（Pinkertons National Detective Agency，1850年创立）的徽章就是最好的佐证。

　　近年来，全景式监狱一词因法国后结构主义哲学家米歇尔·福柯（Michel Foucault）的使用而变得广为人知，福柯将社会系统这种被管控的环境比喻为全景式监狱。当今社会以防范为名、行监控之实的摄像头无处不在，简直就是一座全景式监狱，或者类似乔治·奥威尔（George Orwell）在《一九八四》（*Nineteen Eighty-Four*，1949年）中描绘的反乌托邦。

如今，随着数字科技的发达，我们常常忽略了自己处于被监控的状态。电脑、智能手机、信用卡、借记卡、电子货币、汽车导航和平板电脑等"忠实"地记录着每个人的兴趣爱好和一举一动。

在《凯莱布·威廉斯传奇》中，作者没有描写恶魔和幽灵等超自然事物和神秘现象，时代是作者所处的当代（18世纪末），地点则是英国本土，故事人物也是随处都有的普通人。作品呈现出与其他哥特浪漫小说迥然不同的风貌，所以用现在的标准来看，《凯莱布·威廉斯传奇》更像是一部社会派悬疑小说的滥觞，而非怪奇幻想小说。若要论属于两种恐怖类型中的哪一个，当然是"心理恐怖"。

另外，主人福克兰与仆人凯莱布·威廉斯之间似乎有一种奇妙的共鸣、亲和和磁性，这种情义也可以说是一种倒错的爱情。如果简单称之为男同性恋，或许就索然无味了，这里暂且将之归纳为侦探是伪装的罪犯，罪犯是拔得头筹的侦探。这个话题我们下一章再作探讨。

美国的第一部哥特浪漫小说

有一位作家受《凯莱布·威廉斯传奇》影响颇深，或者说是被作者威廉·葛德文迷住了。他就是美国哥特小说的创始人查尔斯·布朗（Charles Brown），处女作《威兰》（*Wieland*, 1798年）与作为范本的《凯莱布·威廉斯传奇》一样，完全没有超自然的要素。故事以当时的费城郊外为舞台，讲述了一群普通人的故事。而且与其说是哥特浪漫小说，不如称之为社会派推理小说更合适。但无可争议的是，这部美国哥特浪漫小说与英国的迥然不同。

关于美国的小说，作家亨利·詹姆斯（Henry James）在《霍桑》（*Hawthorne*, 1879年）中写道："小说家要把丰富的联想落到纸上，需要储备历史、风俗习惯等复杂的社会背景知识，但这一切美国完全没有。"既没有古城堡、修道院和废墟，也没有贵族和修道士。

哥特小说所需的上述"下锅之米"是社会和制度的隐喻，如果无米下锅，就不能像英国的哥特小说那般描写人物所处的外部世界，如此一来，只能讲述人物的内心世界。因此有学者认为美国小说基本上是浪漫主义，而非现实主义。尤其是莱斯利·菲德勒（Leslie Fiedler）等颇具叛逆性的学者甚至断言美国小说都是哥特浪漫小说。

如此断言的原因之一是，查尔斯·布朗是美国最早的职业作家，其处女作《威兰》是美国的第一部哥特浪漫小说。之后的美国作家多多少少都受这部小说的影响。

说得直接一点，《威兰》基本上就是美国版的《凯莱布·威廉斯传奇》，尽管故事情节完全不同。如果说《凯莱布·威廉斯传奇》是在控诉社会的丑恶和不公，那么《威兰》则是展现了人内心的邪恶和原罪。

故事内容用今天的话来说就是"电波系杀人"[①]。西奥多·威兰供述称自己杀死了妻子和四个孩子，原因是听到神的指示，让他把家人统统杀光。但其实他的身边有一个拥有高超腹语术的男子……这一切到底是西奥多的执迷妄想，还是腹语师的阴谋诡计？这是一部近似推理的小说，充当侦探角色的是西奥多的妹妹克拉克·威兰。故事采用日记体，以日记主人克拉克的第一人称讲述。也就是说，或许一切都是克拉克的推理、想象、误解和幻想，克拉克就是所谓的"不可信任的叙述者"。哥特浪漫小说的套路设定——古城堡的地下迷宫和废墟，当然已经没有存在的必要。在美国哥特浪漫小说中，取而代之的是人心的迷宫和精神的错乱。

[①] "电波系杀人"最早源自 1981 年在日本东京街头发生的一起无差别杀人事件，犯人自称是受到不明电磁波影响才作出一连串的犯罪行为。

第 3 章

爱伦·坡
与奇情小说

　　虽然查尔斯·布朗是美国第一位职业作家，但一般被称为"美国第一位作家"的却是华盛顿·欧文（Washington Irving）。原因是布朗仅在谈论哥特浪漫小说时才会被提及，而欧文则是被正统文学史大书特书的名字，在美国家喻户晓。他还被称为美国短篇小说之父，是美国首个享有国际声誉的作家。

　　欧文的本职工作是律师，业余从事写作，

却是个高产作家。现在最有影响力的是《见闻札记》(*The Sketch Book*, 1820年)和《阿尔罕伯拉》(*Tales of the Alhambra*, 1831年)两部作品集。其中尤为知名的是前者收录的《瑞普·凡·温克尔》(*Rip Van Winkle*)和《睡谷的传说》(*The Legend of Sleepy Hollow*)。这两篇脍炙人口的名作现在简直成了美国的神话和传说。

《瑞普·凡·温克尔》与浦岛太郎[①]的故事有些类似,这里暂不讨论。在哥特浪漫小说领域,《睡谷的传说》是一部绕不开的作品。可能很多读者对这个出现了无头骑士的恐怖故事非常熟悉,这部作品曾多次被拍摄成电影,迪士尼公司还制作过一部时长三十分钟左右的同名短篇动画(1949年)[②]。距今比较近的有蒂姆·伯顿(Tim Burton)导演和约翰尼·德普(Johnny Depp)主演的《无头骑士》(*Sleepy Hollow*, 1999年),很多年轻人应该都看过。

但是看过蒂姆·伯顿的这部热门影片并不能算读过欧文的原著。因为两部作品完全不同,电影只是借用了原著中的人名、地

---

① 浦岛太郎是日本古代传说中的人物,因救了龙宫的神龟,被带至龙宫,受到龙女款待。临别时,龙女赠其玉盒,告诫不可打开。浦岛太郎回家后,发现世间物是人非。他打开盒子,一道白烟喷出,瞬间变成白发老翁。
② 该动画是迪士尼公司制作的合辑动画片《伊老师与小蟾蜍大历险》(*The Adventures of Ichabod and Mr. Toad*)的第二段。第一段中小蟾蜍的故事改编自肯尼斯·格雷厄姆(Kenneth Grahame)的动物童话《柳林风声》(*The Wind in the Willows*)。

名和无头骑士的传说，故事则是蒂姆·伯顿的原创。

原著主人公乡村教师伊卡波德·克莱恩是个举止轻浮却又令人无法生恨的反面角色；电影中，蒂姆·伯顿将之替换成一个同名同姓，试图侦破一宗连环砍头杀人案的治安警察。虽然故事不同，蒂姆·伯顿却忠实地延续了欧文的创作风格。原著《睡谷的传说》最终对超自然现象作出了合理的解释，是拉德克利夫类型的哥特小说，电影中约翰尼·德普出演的纽约警察伊卡波德也笃信可以用科学去粉碎关于幽灵的谣传。

19世纪初，在美国一度流行苏格兰常识（Scottish Common Sense）哲学，欧文也对其非常着迷（其父亲是苏格兰裔）。常识哲学认为应该避免基于感觉和印象的认识，而应通过常识，即逻辑思考和因果法则来决定存在的客观性和外在性的有无。也就是说，幽灵和恶魔只不过是鬼迷心窍和无知产生的一种想象力的产物，是迷信和俗信导致的成见的产物。欧文是一个坚定尊重理智的现实主义者、理性主义者，也是启蒙主义的忠实信徒，毕竟他的主业是做法律工作。

从这个意义上来讲，蒂姆·伯顿将《睡谷的传说》作为哥特推理作品来拍摄是正确的。但奇才伯顿在后半部分匠心独运，使得电影又可以被称为一部理性与非理性交织的神秘侦探（Occult Detective）题材作品。这里顺便推荐另一部暗黑神秘侦探题材电影——皮托夫（Pitof）导演的《夺面解码》（*Vidocq*，2001年）。这部电影以19世纪上半叶的法国历史人物、世界上第一个私人侦探佛朗科斯·尤根·维多克（Eugene Francois Vidocq）为原型，讲述了一个戴镜子面具的连环杀手之谜。

不管怎样，欧文创作这样一个哥特风的故事不单是为了挪揄无知迷信的人，如果仅此而已，《睡谷的传说》充其量只是一部幽默哥特小说。不可否认，欧文是在恐怖和战栗中添加幽默元素的先驱，但他不仅幽默地批评了因为迷信而产生的恐怖，还详细地揭示了人们是如何一步步陷入恐怖的心理过程，正是这一点体现了欧文滑稽哥特小说的艺术性。

查尔斯·布朗和欧文这些现实、理性，接受过启蒙主义洗礼的美国作家创作哥特小说是为了用理性的光芒驱逐愚昧的黑暗，因此这些作品带有推理小说的风味也是自然而然的。

值得一提的是，欧文还有一部题为《旅人述异》（*Tales of a Traveller*，1824年）的随笔与短篇小说集，收录了几篇哥特色彩浓郁的作品，其中较为有名的是《德国学生的奇遇》（*The Adventure of the German Student*）。法国作家彼得勒斯·博雷尔（Petrus Borel）和大仲马（Alexandre Dumas）甚至分别在《戈特弗里德·沃尔夫冈》（法语：*Gottfried Wolfgang*，1843年）和《王后的项链》（法语：*Le Collier de la reine*，1851年）中抄袭了这篇小说。

这篇哥特奇幻小说的主人公是一名留学巴黎的德国学生，在法国大革命期间，他与一位在断头台前相识的美女陷入了一场令人战栗的恋爱。整篇故事充满了惊悚与讽刺。另外颇有意味的是，作品中的梦、疯癫以及美女之死这些题材似乎在为19世纪30年代登场的埃德加·爱伦·坡（Edgar Allan Poe）的作品风格预热。

孕育侦探小说和反侦探小说的爱伦·坡

众所周知，爱伦·坡被认为是当今推理小说和侦探小说的开山鼻祖。为其赢得这一桂冠的作品具体是《莫格街凶杀案》（*The Murders in the Rue Morgue*，1841年）、《玛丽·罗杰疑案》（*The Mystery of Marie Rogêt*，1842—1843年）和《失窃的信》（*The Purloined Letter*，1844年），合称"神探欧鸠斯特·杜邦（C. Auguste Dupin）三部曲"。

从某种意思上来说，这三个短篇展现了推理小说的精髓。《莫格街凶杀案》是细致的观察和分析，《玛丽·罗杰疑案》是严谨的逻辑与推理，《失窃的信》则是有名的"心理盲区原理"。

所谓"心理盲区原理"就是"把需要隐藏的东西故意放在显眼的位置，给对方制造盲区"，也就是"因为一直暴露在外面，反而不会被注意"。这个手法被认为是爱伦·坡的首创。推理小说的作者会在故事中埋下伏笔和作案线索，这些伏笔和线索正因为无处不在，反而不易被察觉。读者常常在读完后感叹："原来是这个，我居然没看出来，真是太笨了。"这种受骗的、智商被碾压的快感让人欲罢不能。当然，如果读者通过细致的观察和严谨的逻辑推理识破了盲区，就能够体验到超越受骗快感的快乐，得意地佩服自己："这个我早就看出来了，我真是个天才。"

爱伦·坡的贡献是发明了侦探小说这一故事形式。江户川乱步曾为之下过定义："通过逻辑推理分析疑难罪案，步步深入、层层解开。侦探小说这类文学作品的主要目的就是让读者享受这种抽丝剥茧般解谜的精彩过程。"爱伦·坡首创的还有善于纯粹思考和逻辑推理却性格怪僻的侦探角色和介绍整个事件的叙述者角色。

这里有必要及时说明一下，爱伦·坡本人从未将"杜邦三部曲"称作"侦探小说"（Detective Novel），毕竟"detective"作为"刑警、侦探"的意思录入字典是19世纪下半叶的事。他把19世纪40年代创作的"杜邦三部曲"称为"推理故事"（Tales of Ratiocination），表示主要是关于分析（analysis）的故事。

顺便说一下，"analysis"是由表示"返回"的前缀"ana"和表示"溶解、分解"的"lysis"构成。也就是要把纠缠在一起的东西解开，使其恢复原状。正如多年前的一部热门日本古装历史剧《钱形平次》[①]的主题曲中唱道："是男人，就要心神专一，去解开纷繁复杂的谜团。"解谜就是分析，将复杂怪奇、胡乱缠绕的"线索"这一团乱麻仔细地解开，"返回"到谜团产生前的状态——这个过程就是分析。这也是爱伦·坡的"推理故事"的本质。

---

① 钱形平次是日本作家野村胡堂所著《钱形平次捕物控》中的名侦探。

但是，通过透彻观察和推理分析来实证性地、理性地解开超常事件和烧脑谜团的小说，在爱伦·坡的作品中并不算多，反倒是站在理性分析对立面的怪奇幻想作品占了压倒性的多数。被问到爱伦·坡的代表作时，可能很多人会举出《鄂榭府崩溃记》（*The Fall of the House of Usher*，1839年）、《红死病的面具》（*The Masque of the Red Death*，1842年）和《黑猫》（*The Black Cat*，1843年）等作品。或许比起"推理小说之父"，"美国哥特小说的开拓者"更加名副其实。爱伦·坡在其哥特小说中深入探索了"异常心理"。

"异常心理"是爱伦·坡始终萦绕于心的创作主题。《鄂榭府

《鄂榭府崩溃记》插画

崩溃记》因小说开头对鄂榭府的"画意书写"而被认为是深得哥特浪漫小说精髓的名作，也是一篇与人格分裂相关的异常心理题材代表作。

拜访即将沦为废墟的府邸可以解释为故事主人公、叙述者"我"的深度自我探索之旅；拥有"眼睛般窗户"的房子可以比作叙述者"我"的头部，蹑足其间就意味着对自己精神的探索。住在房子里的鄂榭兄妹分别代表叙述者"我"的男性潜倾和女性潜倾。如果用卡尔·古斯塔夫·荣格（Carl Gustav Jung）的原型来解释的话，就是"阿尼姆斯与阿尼玛"（Animus and Anima）[①]。鄂榭（Usher）这个姓氏也可以据此解释，即包括我们（us）男性的东西和她们（her）女性的东西。这对兄妹本应是叙述者"我"个性化过程中的引路人（usher）[②]，但由于身心俱病，最后互相残杀。同时府邸（头部）产生裂缝并倒塌（崩溃）。"usher"还有"守门人"的意思，精神守门人的倒下也就意味着精神的错乱。

爱伦·坡描写人格分裂的杰作还有《威廉·威尔逊》（*William Wilson*，1839年）。这个短篇是一部有名的以"分身"（德语：*doppelganger*）为题材的作品。其实分身也是哥特浪漫小说中常见的主题。比如威廉·葛德文的《凯莱布·威廉斯传奇》中

----

① 阿尼姆斯与阿尼玛是荣格提出的两种重要原型。阿尼姆斯为女性心中的男性意象，阿尼玛原型则为男性心中的女性意象。
② 英语中"usher"作为名词有"引座员"的意思。

的主仆关系，葛德文女儿玛丽·雪莱的《弗兰肯斯坦》中的博士与怪物，苏格兰作家詹姆斯·霍格（James Hogg）所著的、有最后的哥特小说之誉的《一位称义罪人的私人回忆录与自白书》（1824年）中的兄弟都可以理解为是一对分身。其他分身题材作品还有爱伦·坡钟情的德国浪漫主义的各种怪奇幻想奇谭，其中尤为著名的是E. T. A. 霍夫曼（E.T.A.Hoffmann）的作品。

《鄂榭府崩溃记》中也能找到分身的影子。故事结尾倒映在一池幽潭中的鄂榭府仿佛与故事开头遥相呼应；腐朽欲坠的府邸象征着病恹恹的屋主劳德立克本人；最后劳德立克的孪生妹妹又飘然而至。妹妹名叫玛德琳（Madeline），这个名字可以拆解为疯癫（mad）的血统、族系（line），暗含着与叙述者"我"的精神错乱、自我分裂（mad）相关联（line）的意思。

在"杜邦三部曲"第一部《莫格街凶杀案》诞生前一年发表的都市小说《人群中的人》（*The Man of the Crowd*，1840年）也可以解读为分身题材的作品。思想家、文艺评论家瓦尔特·本雅明（Walter Benjamin）将之评价为"侦探小说的X光照片"的说法非常有名。也就是说《人群中的人》具备了侦探小说的"骨架"——大都会、人群、观察与推理、侦探行为（尾随跟踪），还有罪犯（不是严格意义上的），只不过缺少了最重要的犯罪行为。

正如精神分析学者玛丽·波拿巴（Marie Bonaparte）所评论的那样，在《人群中的人》中"能看到犯人，却不清楚犯罪行为是什么"，而在之后的"杜邦三部曲"中"能看到犯罪行为，却不清楚犯人是谁"。《人群中的人》故事梗概如下。

叙述者"我"在一家咖啡店里，漠然看着伦敦的街道上熙来攘往的行人。一开始"我"只是把路上的人群视作一个巨大的整体，后来开始仔细观察构成整体的每个个体。观察时使用的思考工具是当时流行的观相学（Anthroposcopy）和颅相学（Phrenology）。结果，"我"推论出来来往往每个人的容貌风采和阶层职业。有意思的是职业决定阶级、生活环境决定性格这一思考方法。说起来，夏洛克·福尔摩斯在分析对象人物的性格时，首先也是从对方的外表和言行来推测阶层和职业的。

后来，一个老人从"我"眼前经过，但"我"却无法对他进行分析。看似普普通通的老人却行为诡异、令人费解，这激发了"我"的好奇心。为了探明老人隐藏在表层下的深层部分（真相），"我"彻夜尾随他走遍伦敦的大街小巷。尽管"我"对自己的观察分析能力拥有绝对自信，却无法将老人归类于任何阶层和职业。结果，"我"只能下结论说这是一个谜一般的老人。

"他是罪孽深重的象征和本质。他拒绝孤独。他是人群中的人。"

不能分类就意味着无法分析和阐明，将被作为异类搁置在正统的分类之外。博物学家布封（Buffon）就曾将怪物（monster）作为无法分类的事物搁置剔除。对于"我"来说，行为怪诞的老人就是一个怪物（异类），而整晚尾随逃避孤独的老人的"我"

也是"人群中的人"（无名怪物）。如此一来，老人即"我"，"我"即老人，两者都是真面目不明的匿名人物，具有"人群中的人"的特性。

如果照此细究推理小说中侦探与犯人（未知之人）之间的关系，也可以将两者视作一对分身。另外，同卵双胞胎作案、死者就是犯人等桥段也可以视作分身。前者是江户川乱步喜欢的创意，后者据说是查尔斯·狄更斯（Charles Dickens）在《巴纳比·拉奇》（*Barnaby Rudge*，1841年）中最先使用的点子。

爱伦·坡在《人群中的人》的开头和结尾所写的"拒绝被阅读的书""拒绝被讲述的秘密"极富暗示性。因为该作是在侦探小说定型之前就已诞生的反侦探小说，成功塑造了"注定失败的侦探"（The Doomed Detective，系斯特凡诺·塔尼[Stefano Tani]在同名著作中提出的概念）。

"mystery"一词双义，一是"神秘"，二是"谜团"。如果前者是"拒绝被阅读的书"，那么后者就是"渴望被阅读的书"。就爱伦·坡而言，他笔下的怪奇幻想作品（美国哥特小说）就是被解释为"神秘"的"mystery"，而侦探小说（推理故事）则是被解释为"谜团"的"mystery"。

纽盖特小说的升级版

当爱伦·坡集中精力创作时，伴随着查尔斯·马杜林的《流浪者梅莫斯》的问世，哥特小说的盛宴在其主阵地英国缓缓落下帷幕。大众喜欢的恐怖类型转向更现代、更日常的东西，于是纽盖特小说（Newgate Novel）应运而生并受到广泛欢迎。这是一种娱乐小说，着眼于滋生犯罪和罪犯的社会。

纽盖特小说发源于18世纪下半叶开始刊行的《纽盖特日历》（The Newgate Calendar）。该系列出版物记录了伦敦纽盖特监狱众囚犯的生平、犯罪记录、审判记录、死囚遗言及处刑现场等内容，可以算是一种"犯罪白皮书"。

《纽盖特日历》刊行的初衷是预防犯罪、宣扬道德，不过这只是表面的说辞。实际上，为了满足大众恶趣味的好奇心，作者对罪案和罪犯极尽粉饰夸张，内容生猛刺激，就像某些国家的娱乐八卦电视节目或报纸的社会新闻版。

纽盖特小说就是模仿《纽盖特日历》描写罪犯和血腥凶案的作品。当时狄更斯的名作《雾都孤儿》（Oliver Twist，1837—1839年）和另外一部长篇小说《巴纳比·拉奇》等作品就是作为此类小说发行的。

《巴纳比·拉奇》以1780年发生在英国伦敦的反天主教骚乱为题材，次要情节是一桩匪夷所思的杀人事件。全书共82章，直到第62章才真相大白、凶手落网。但在第20章的时候（一开始是在杂志连载）就有读者解开了所有谜团，这位读者就是爱伦·坡。他把自己的解答以随笔形式发表在《周六晚邮报》（The Saturday Evening Post）上。或许爱伦·坡就是在解谜过程中，开始真正地对推理小说产生兴趣并写下了《莫格街凶杀案》。

《纽盖特日历》

　　顺便提一下，狄更斯作品中真正有侦探出场的是《荒凉山庄》（*Bleak House*，1853年），尽管这并不是一部纽盖特小说。作品中发生了杀人事件，但这部长篇的主要内容并不在于解开凶案之谜，侦探巴科特警官的出场部分也仅占全书的五分之一。

　　狄更斯真正意义上的推理小说应该是其遗作《艾德温·德鲁德之谜》（*The Mystery of Edwin Drood*，1870年）。据说狄更斯写作该书时曾说："我想到了前人未曾用过的新奇点子（犯罪手法）。"遗憾的是，故事写到一半，作者就病逝了。后来相继有作家挑战续写这部未竟的推理小说。在众多续作中，彼得·罗兰（Peter Rowland）的《艾德温·德鲁德的失踪》（*The Disappearance of Edwin Drood*，1991年）曾被翻译为日语在日本出版。

再回到刚才的话题，以道德启蒙名义出版的《纽盖特日历》，表面上是为了告诫世人"犯罪得不偿失"，但纽盖特小说却在描写犯罪分子时加以美化和同情，甚至直视若英雄。就像直到今天，还会有连环杀人魔受到狂热追捧的现象，纽盖特小说也是抓住了大众的某种特殊心理。纽盖特小说的这种倾向也招致了批评，如理想化犯罪分子、败坏社会风气、容易诱发犯罪。在这一背景下，纽盖特小说的升级版诞生了，就是19世纪60年代兴盛的奇情小说（Sensation Novel）。

这种风靡一时、风格一新的小说到底是什么？理查德·D. 奥尔蒂克（Richard D. Altick）在《维多利亚时代血字的研究》（*Victorian Studies in Scarlet*，1970年）中做过解释，这里直接引用一段稍长的原文。

奇情小说不外乎这样：故事舞台是当代，情节复杂，带点推理小说风格，内容会涉及通奸、重婚、遗产争夺、离奇失踪、身世疑云，更重要的是必有杀人事件牵涉其中，带来强烈的戏剧冲突。杀人事件或许是业已得逞的，或许是仍在谋划的，或许仅仅是疑似发生的。大众曾经就喜好这些。

与此前的廉价恐怖小说（Penny Dreadful）和大众情节剧

（Popular Melodrama）相同，奇情小说中的杀人案也令人感觉与现实很接近。在很久以前的哥特小说中，杀人一般是远离现实的。哥特小说以浪漫主义的风景为背景展开故事，那样的风景让人想起萨尔瓦多·罗萨（Salvator Rosa）的画。与故事的舞台背景一样，杀人也是浪漫主义的。换句话说，哥特小说中的杀人场景和手法与一般读者的生活经历相去甚远。而如今，"远离现实的"杀人事件转移到读者"习惯熟稔"的场景中。与上一代的下层阶级的读者一样，中产阶级的读者也开始吸取浪漫主义和现实主义两个世界的长处。如此一来，新的奇情小说的作者们开始向狄更斯和他的同志威尔基·柯林斯（Wilkie Collins）的先例学习。狄更斯在《荒凉山庄》的序文中解释道："我有意渲染日常生活中富有浪漫色彩的那一面。"《荒凉山庄》出版前一年，威尔基·柯林斯在《贝锡尔》（Basil，1852）的序文中声称：作者有正当的权利在小说中书写"大多数人的人生中都不会发生的异常事件"，就像书写"有可能发生在我们所有人身上的，并且实际正在发生的普通事件"一样。奇情小说的作者们将贝尔格雷夫广场（Belgrave Square）光鲜亮丽的正面玄关背后潜藏的令人恐怖的秘密、乡下深宅大院的池塘里隐藏的血腥杀人事件暴露出来，将哥特小说的亢奋转移到了19世纪60年代的英国。这才是"谜团中最不得其解的谜——我们身边的谜"。这是亨利·詹姆斯对威尔基·柯林斯的评价。

奥尔蒂克的《维多利亚时代血字的研究》从文化史、社会史的视角考察了19世纪英国的杀人热。说是"杀人热"，并不是指维多利亚时代杀人事件大量发生，而是指杀人事件作为大众娱乐的题材受到欢迎。为了说明"作为娱乐的杀人"火热一时的历史背景，奥尔蒂克举出了如下事物和现象。

首先是《黑木杂志》（*Blackwood Magazine*）等杂志的繁荣，以及以《潘趣与朱迪》（*Punch and Judy*）为代表的怪诞暴力的木偶戏、大众戏剧情节剧、杜莎夫人恐怖蜡像馆、公开行刑的出现，当然还有奇情小说。

19世纪以前的《纽盖特日历》及其恶俗版单面印刷品（相当于瓦版①）和犯罪册子会在罪犯被公开行刑时发售，内容是从案发到审判结束的来龙去脉。而随着报纸的诞生，案件甫一发生就会得到报道，具有即时性。呈现在大众眼前的凶案不再是一桩业已结束的事件，而是仍然存在的威胁。不管人们是否愿意，他们恶俗的偷窥欲都被报纸激发出来了。

19世纪情节剧的影响

先解释一下什么是情节剧（Melodrama）。在日本说到情节剧，大部分人会想到电视上播放的"午间情节剧"，误以为情节

---

① 瓦版是日本江户时代的一种不定期木版印刷品，多报道殉情、复仇和火灾等猎奇突发事件。

剧就是有夫之妇的出轨故事，或者是多愁善感的好莱坞爱情悲剧电影。不过现在很多年青一代可能连"午间情节剧"是什么都不知道。

本来的情节剧是希腊语的"meros"（歌曲）与"drama"（戏剧）的合成词。由于对普通观众来说，冗长的台词对白不如歌曲、音乐和夸张的动作容易理解，因此希腊人开始在戏剧中穿插歌曲，或者演奏音乐作为戏剧的背景音乐，由此便诞生了情节剧。浪漫主义启蒙思想家卢梭的戏剧作品《皮格马利翁》（法语：*Pygmalion*，1775年）被称为情节剧的嚆矢。

到了19世纪，情节剧的歌曲部分被弱化，为了吸引观众，戏剧部分的内容变得刺激、催情，也就是煽动人的感情和性欲。其

19世纪的情节剧

中尤为受到作者青睐的是带有刺激、恐怖、情感的血腥凶杀案。

尽管如此，情节剧在表面上还是宣称师法中世纪的道德剧和基督教的宗教剧。"上帝在他的天堂里，整个世界都是那么美好!"[①] 最后爱和善良战胜一切、消灭邪恶，故事迎来恶有恶报、善有善报的大团圆结局。作品一般基调感伤、情节跳跃，令人紧张揪心，最后必会让读者得到心灵的净化。出于这个原因，情节剧有时也会被作为蔑称使用，主要指描写被夸张歪曲的事件或人际关系的道德奇幻作品。

文学学者彼得·布鲁克斯（Peter Brookes）在《情节剧的想象力》（*The Melodramatic Imagination*，1976年）中指出，情节剧以被社会秩序、统治阶级禁止或压抑的东西为中心主题，通过人际关系（尤其是家庭成员关系）来讲述。其实是民众（尤其是资产阶级）的一种欲望的实现。19世纪，这种欲望凸显在恶性犯罪事件中，并在情节剧中得以展示。

也就是说，19世纪的情节剧对于一般大众来说就是现实主义版的哥特戏剧。主要取材于真实杀人事件的作品，就像以前日本娱乐八卦节目中播放的煽情的情景再现短片。

奇情小说受当时流行的杀人题材情节剧的影响，也是以犯罪为题材，讲述大众的欲望。与纽盖特小说不同的是，奇情小说主

---

① 诗人、剧作家罗伯特·勃朗宁（Robert Browning）诗句。原文为："God's in his heaven. All's right with the world!"

要以中产阶级的生活为书写对象，把他们家庭内部的暴力凶杀、遗产争夺阴谋以及偷情出轨等描写得煽情刺激。

狄更斯的朋友威尔基·柯林斯是奇情小说的代表作家之一。其大获畅销的长篇小说《白衣女人》（*The Woman in White*，1860年）讲述了一个拉德克利夫风格的惊险故事。该作品一反读者期待，并没有让杀人事件发生。几个奸恶之徒盯上富裕的女主人公的财产，企图巧取豪夺。女主人公仿佛被棉线勒住了脖子，一步步被逼入绝境。作品的精彩之处就在于对女主人公恐怖心理的细腻描写。这种采用被害者或死者的视角展开故事的写作手法是情节剧和奇情小说作家谋篇布局的看家本领。

柯林斯拥有律师执照，积累了丰富的庭审经验，因此他在《白衣女人》中模仿了法庭证言的形式来叙述故事。就像多个证人就同一案件提供证言一样，故事也是多方面、多角度地让多个人物来讲述。对于各执一词的证言，读者可以站在法官的立场来解读。维多利亚时代哥特小说的杰作，斯托克的《德古拉》采用的就是这种叙事形式。

但柯林斯的代表作并非《白衣女人》，而是《月亮宝石》（*The Moonstone*，1868年）。这部长篇也是采用了法庭证言风格的叙事方式，除了沿用《白衣女人》中的多人证言，还突出了各证言之间的矛盾，巧妙地描写了人的认识的不确定性和模糊性，从中可以看出人对事物的观察何其充满主观和偏见。互相矛盾的证言让事情错综复杂，令真相陷入"罗生门"。扮演侦探角色的卡夫警官俨然是细致观察和逻辑思考的化身，他通过整理对照物证和目击证言，从而锁定了罪犯。这部讲述宝石失窃案的作品赢得了现代主义诗人T.S.艾略特（T.S.Eliot）的极高赞誉——"最早、最长、最好的侦探小说"或者是"最长、最好的推理小说"。

奇情小说的代表作家还有玛丽·伊丽莎白·布雷登（Mary Elizabeth Braddon），她作为维多利亚时代的拉德克利夫而受到广大女性读者的喜爱。她的作品中有女人逃离家暴、人妻通奸、血亲乱伦、遗产争夺和妻子重婚等内容。正因为布雷登作品群的影响，奇情小说也被称为"家庭哥特小说"。她的"被虐妻子"题材小说隐晦地讲述了当时父权制社会的牺牲品及遭受压抑、压榨的女性的欲望和对自由的渴望，可以说为19世纪末"新女性"（New Woman）的出现作了准备。

布雷登也被称为奇情小说界的"莎士比亚"，她在这一领域的地位配得上女王称号。在此介绍一下她的代表作《奥德利夫人的秘密》（Lady Audley's Secret，1862年）的故事情节。

主人公罗伯特·奥德利是伦敦的一名律师。一天，他在大街上偶然遇到三年没有见面的老朋友乔治·托尔博伊斯。当初乔治为了到外面闯荡出一番事业，留下妻子，只身去了澳大利亚。最近终于找到了生财之道，成了有钱人。但没想到回国后等待自己的却是爱妻的讣告。为了让意志消沉的乔治振作起来，罗伯特邀请他到自己叔叔家做客散心。罗伯特的叔叔麦克·奥德利是一名从男爵，住在乡下，拥有一片领地，名为奥德利庄园。

但是叔叔麦克的二婚妻子，奥德利庄园的新女主人露西·格雷厄姆怎么也不肯与罗伯特和乔治见面。后来乔治见到了露西的画像。他大为惊愕，之后就不知所踪。罗伯特对好友乔治的不辞而别感到十分不解，推测这桩怪事肯定与年轻漂亮的女主人露西有关。

故事读到一半，读者就能知道奥德利夫人露西·格雷厄姆就是犯人（或者早就从书名中猜到了）。作品的精彩之处在于，奥德利夫人的过去——她走向犯罪的过程和动机，随着罗伯特的调查分析逐渐浮出水面。美艳绝伦、天真无邪、少女般天真烂漫、仿佛天使下凡、可迷倒众生的女性却有一张不为人知的面孔（秘密），这张面孔最终逐渐被暴露出来。

尽管如此，奥德利夫人并非一个天使面孔却蛇蝎心肠的恶魔。这个反面女性角色应该可以归类到"令人怜悯的怪物"这一族谱。这也是布雷登作品深受占奇情小说读者群大半的女性读者欢迎的原因。

在19世纪末的文艺作品中，"红颜祸水"（魔女）是一个重要的主题。奥德利夫人可以说是这个形象的先驱。不过有意思的是，奥德利夫人也可以解读为"遭受迫害的少女"的反面版本。实际上《奥德利夫人的秘密》充满了通奸、重婚、遗产争夺、离奇失踪、身世疑云以及杀人等刺激煽情的要素。

爱德华·布尔沃·利顿（Edward Bulwer Lytton）和约瑟大·谢里登·拉·芬努（Joseph Sheridan Le Fanu）也颇有人气。喜欢怪奇幻想小说的读者应该知道，前者是神秘小说《一个离奇的故事》（*A Strange Story*，1862年）的作者，后者则作为维多利亚时代正统幽灵奇谭的短篇名家而留名文学史。这里举出两个人的名字绝非无缘无故，他们早在19世纪下半叶就在创作流行于19世纪末到20世纪初的所谓心灵侦探（神秘侦探）作品。

第 **4** 章

通灵术与
神秘侦探

　　1849年，爱伦·坡去世。就在他去世的
前一年，美国纽约州北部一个叫海德斯维尔
（Hydesville）的村庄发生了一桩怪事——村里
的福克斯一家声称家里闹鬼了。

　　所谓的闹鬼具体是指福克斯家里传出了奇
怪的敲击声，这家人发现通过敲击声可以与一
个真身不明、无影无形的灵异之物互相通信。
最终9岁的凯特和11岁的玛格丽特姐妹俩成功

与发出敲击声的对方沟通上了。她们说，引发闹鬼现象的是几年前在这幢房子（福克斯一家买的是二手房）里遇害的男子的魂灵。这件事发生在1848年。

远程通信在当时并不稀奇，要知道美国人摩尔斯在1844年就已经发明了摩尔斯电码，并成功发出电报。但福克斯姐妹的通信对象所在的位置并非一般意义上的远方，而是灵界。海德斯维尔事件意味着死后的世界是确实存在的，证明了和死者沟通即通灵是可以做到的，人间和冥界是相通的。这就是通灵术（spiritualism）[①]的诞生。

19世纪，在完成了工业革命的西欧资本主义社会，实用主义和功利主义的生活方式占据了主导地位，很多人放弃了基督教信仰。除了理性主义、科学思维占据上风这些因素，基督教的衰落还与其自身的三个特点有关。一是男性占优势地位，基督教的神父都是男性；二是信息传递的单向性，人只能接受来自神的信息；三是对来世语焉不详，本来很多普通人信仰宗教就是为了摆脱对死亡的恐惧。再加上当时唯物主义已经深入人心，于是越来越多的人不再信仰基督教。

与之相比，通灵术则是女性占优势地位，灵媒几乎都是女性；信息传递是双向的，人可以与神灵互相交流；通灵术还详细描述了死后的世界。根据通灵术的说法，每个魂灵的特点都与生

---

① 又译为"招魂术"。

前一致。这一点与基督教大不相同，基督教认为人死后化成的鬼魂是千魂一面，而通灵术认为人死后各自的个性、人格和容貌仍会继续存在（当然是否每个人都希望如此就另当别论了）。

于是疏远了基督教的人们又被通灵术深深吸引。1848年，也即海德斯维尔事件发生的那一年，世界第一次妇女权利大会在纽约召开。由于灵媒多为年轻貌美的女性，通灵术同时得到了女权主义者和男性的支持。

灵媒一时间成为时代的宠儿，后来降灵会（seance）也顺理成章地变成一种跟魔术表演相同的新奇表演秀。福克斯姐妹以灵媒身份出道并大把捞金，就是由天才骗子、营销大师P.T.巴纳姆（P.T.Barnum）担任表演策划的。

上文讲述海德斯维尔事件时，提到了摩尔斯电码的发明。其实，当时最新的科技发明的发现，也为证明魂灵的存在起到了推波助澜的作用，尤其是电能、磁场能量这些肉眼无法看到的世界的发现。此外还有19世纪末发现的放射线，X线摄影成功将无法看见的世界展现在人们眼前。可以说，将看不见的东西可视化是19世纪科学研究的一大主题，19世纪上半叶X线摄影的发明就是这一主题下的成果之一，而且X线不会撒谎。

法国文豪巴尔扎克（Balzac）曾如此表达对X线摄影的看法："人类的身体由无数张薄箔（灵魂）构成，X线摄影就是把这些薄箔揭下并将其固定到胶卷上形成人的形象。"

X线摄影发明之后，两个以前无法看到的东西得以形成具体形象被固定下来。一个是疯癫（医学照片），另一个是魂灵（灵异照片）。与X线摄影有异曲同工之妙的是留声机的发明，只不过前者诉诸视觉，后者诉诸听觉。

狄更斯、卡罗尔、马克·吐温也笃信不疑

据说海德斯维尔事件发生数年后，全美通灵术的信徒就猛增至200万人。而要成为通灵术的信徒，只需相信两点即可。

1. 人死后其个性会成为魂灵永存；
2. 现世与灵界之间可以沟通交流。

仅此而已。

得益于以上简单的信条，通灵术取代基督教，作为与实证主义时代相契合的、可以科学证明的一种新的信仰对象而受到追捧。不出所料，这场运动很快就传到英国，在19世纪50年代带来了第一次通灵热潮，并诞生了一批以丹尼尔·邓格拉斯·霍姆（Daniel Dunglas Home）为代表的优秀灵媒和以威廉·斯坦顿·摩西（William Stainton Moses）为代表的传道者。在随后的19世纪60年代后半叶到70年代，以阿尔弗雷德·拉塞尔·华莱士（Alfred Russel Wallace）为首，各个领域的科学家也对通灵术表现出浓厚的兴趣。这位因提出与达尔文（Darwin）的唯物进化论相对的"灵学"进化论而闻名于世的英国博物学家、人类学家

通灵术（降灵会）

和生物学家曾参加过降灵会并支持魂灵存在的观点。

当时，社会上头脑最聪明的那群人——宗教家、思想家、心理学家和文学家等学者和知识分子都无法做到对通灵术置之不理。以狄更斯、刘易斯·卡罗尔、柯南·道尔（Conan Doyle）、马克·吐温（Mark Twain）和亨利·柏格森（Henri Bergson）等知名文人和知识分子为首，三教九流都成了通灵术的信徒。

因此，当1882年英国心灵研究协会（Society for Psychical Research，简称SPR）成立时，其主要成员均是科学、化学、物理、哲学和心理学等领域大名鼎鼎的专家学者也就不足为奇了（协会几乎成了剑桥大学、牛津大学的教授联合会）。

英国心灵研究协会的首任会长是剑桥大学的哲学、伦理学教授亨利·西季威克（Henry Sidgwick）。三年后的1885年，以推崇实用主义（pragmatism）闻名的哲学家、心理学家威廉·詹姆斯（William James）推动成立了美国心灵研究协会。威廉·詹姆斯的弟弟就是知名小说家亨利·詹姆斯，后者的代表作之一《螺丝在拧紧》（*The Turn of the Screw*，1898年）是一部维多利亚时代鬼故事的杰作。除此以外，亨利·詹姆斯还有多部以超自然现象为题材的短篇作品，就是受当时通灵术（及其兄长威廉）的影响。

从今天的观点来看颇有意思的是，这些专家学者聚集到一起并不是为了揭穿幽灵、灵界、灵媒等灵异现象和心灵感应（telepathy）、透视和超能力者等超常现象的谎言。他们基本都赞同超自然现象的存在，开展调查研究只是为了证明这些事实，而不是验证其可能性。结果，研究心灵感应、念力、透视和预知等特异功能的超心理学（parapsychology）诞生了。

此外，美国人安德鲁·杰克逊·戴维斯（Andrew Jackson Davis）在通灵术思想上先人一步，对该运动影响颇大。无线电通信检波器和火花塞的发明人、以太（ether）研究者、著名物理学家奥利弗·洛奇（Oliver Lodge）也曾担任过英国心灵研究协会会长。

眼亮则心明

艺术家路易·欧内斯特·巴莱斯（Louis Ernest Barrias）的代表之一是《自然在科学面前揭开面纱》（法语：*La Nature se dévoilant à la Science*，1899年）。这座雕塑刻画了一个年轻女性揭开面纱裸露出上半身的形象。卢德米拉·乔丹诺娃（Ludmilla Jordanova）在《性的视觉》（*Sexual Visions*，1989年）中从性别的角度解读了这座雕塑——女性象征自然，男性象征科学。自然在科学面前无所遁形，这正是上文所述的19世纪科学的使命——将不可见的东西可视化。这一点直到今天仍然是知识范式。

百闻不如一见；真实可靠莫过亲眼所见；眼未见则莫敢信。用英语来说就是"Seeing is believing[①]"。

但这种观点在主客分离的世界观中才成立，见者是主体，被见是客体。乔纳森·克拉里（Jonathan Crary）在《观察者的技术》（*Techniques of the Observer*，1990年）中称，这种视觉作用的关系终结于18世纪末。他指出，19世纪初叶人们开始对视觉器官产生兴趣。具体而言就是视觉生理学的诞生，人们开始探索"看不见的世界"，正是"看不见的世界"支撑着主客体明确对立的"可见的世界"。简而言之，是从表层进入到深层。同时，人们开始从生理学角度研究身体，毕竟身体是视觉成立的基础。

说得具体一点，比如研究内容包括视觉残像，或者眼球疾病和损伤。研究者可能会问："你真的看到幽灵了吗？确定不是你自己眼睛有问题？"

甚至还有视错觉的问题。"初见幽灵现真身，始知其为枯芒草"（一说是松尾芭蕉的俳句），也就是误会。所谓知觉，只不

---

① 意为"看到的才能相信"。

过是一根导管，通过这个导管的信息没有对错之分。尽管如此，人却会在认识上犯错，说到底还是主体对客体的推论导致的。犯错并不是视觉功能有缺陷，而是推测发生了错误。这就是人们错以为看到幽灵的原因所在。

这种关于视觉的认识论，最早可以追溯到爱尔兰哲学家乔治·贝克莱（George Berkeley）于1709年发表的《视觉新论》（*Eassy towards a New Theory of Vision*）。根据贝克莱的观点，所见之物只存在于见者的心中，是主观性极强的东西，两者没有本质的对应关系。所见之物是观察者的境遇、习惯和社会条件的产物。这一观点提出得比弗迪南·德·索绪尔（Ferdinand de Saussure）语言学的所指（signified）和能指（signifier）的关系更早。

在当时以约翰·洛克、大卫·休谟（David Hume）和贝克莱为代表的英国经验论哲学中，认识只是知觉的集合，知觉由印象和复合观念（原因和结果）组成。而且在复合观念中，主观上的正确比客观的事实占据更加重要的位置。出于这个原因，在18世纪伪书大量涌现（文学方面，有1765年詹姆斯·麦克弗森的《莪相诗篇》和1769年托马斯·查特顿的《罗利诗篇》等），这一点在第1章已提及。同时，卡廖斯特罗（Cagliostro）、卡萨诺瓦（Casanova）、约翰劳（John Law）和圣日耳曼伯爵（The Count of St Germain）等自称精神冒险家的骗子大行其道。确定性不如或然性重要，那个时代人们喜欢在真伪难辨之境中生成的幻觉（illusion）。幽灵亦是一种幻觉。

但贝克莱不仅是哲学家，更是一个神职人员。宗教讲求确定性，反对观察的主观随意性。造物主通过人类的眼睛传达其旨意，以杜绝人类的语言不可避免会陷入的误解和模糊。包含这种旨趣的贝克莱的经验主义观念复合视觉理论在剥离了宗教的基础后，得到了19世纪认识论学者的采纳。

贝克莱理论的世俗化对维多利亚时代的科学自然主义和奥古斯特·孔德（Auguste Comte）的实证主义影响甚深，从科学哲学中抹消了形而上学和直觉主义的痕迹。造物主被迫沉默的后果是，人类观察世界时不得不在丧失神明指导的状态下，直面世界这个文本。要解读文本，除了推论别无他法，而且会导致误读和误解，结果走入相对主义和主观主义的迷宫。

眼亮则心明。这一知识范式与侦探小说的勃兴在精神内核上是一致的。侦探是解读记号的高手、解释文本化视觉世界的专家。当然，侦探所要破解的谜既是事件的谜团（真相），同时也是自然的神秘（真理）。

但是，不管实证主义如何高呼胜利，不管最新科技如何点燃启蒙之光，民众依然驻足在迷信的世界（巫术思维），幻觉（phantasmagoria）表演的走红就是一个很好的例子。

1798年，比利时物理学家、发明家艾蒂安·加斯帕德·罗伯特（Étienne-Gaspard Robert）在巴黎举办了幽灵表演。表演并没有什么玄机，就是用幻灯机把幻灯片上画着的幽灵、恶魔投射到大屏幕上。据说由于太过恐怖，接连有观众在首次观看时吓得昏倒。

当然，罗伯特的幽灵表演并不是为了让蒙昧无知的大众产生恐惧，而是其科学启蒙活动的一部分。他希望告诉大众，幽灵和其他超自然现象只不过是光学产生的幻觉，从而让大众摆脱迷信和俗信。

但是人们无法从"百闻不如一见""所见即可信"的老旧思维模式中摆脱出来，一再对他们念叨"初见幽灵现真身，始知其为枯芒草"，反倒会被诘问："如果你见到的不是枯芒草而是幽灵，你怎么想？"同样地，即使一再坚称那些是小把戏、是骗术、是光学产生的幻觉，人们依然坚信眼前看到的就是幽灵。幻觉表演就是利用了人们的这种思维——笃信"Seeing is believing"。

伪科学的趋势

在19世纪的欧美社会，普通民众无法摆脱旧有的迷信思维方式，知识分子则坚决奉实证主义为圭臬。而伪科学则将超自然和理性杂糅于一体，这种思维方式就像把互不相容的水和油混合在一起。实际上，这只不过是披着最新科学外衣的传统巫术思维而已。

比如就幽灵而言，伪科学认为如果"百闻不如一见"会被视觉残像、视错觉和精神恍惚等视觉心理学和心理学的观点否定，那么就不应该用肉眼看，而是要用精神看，即要用"心眼"。也

幻觉表演（Phantasmagoria）

就是说，要用"内在的视觉"来"洞察"（insight）。换言之，如果想看到幽灵和更高维度的事物，不应该用功能有限的肉眼，而应借助内在的、直觉的、通灵的视力（insight）。

如此一来，透视、心灵感应和预知等就成了科学研究的对象，并逐步发展为美国的超心理学（1927年J.B.莱因［J.B.Rhine］命名）。当然，这门学科的基础可以说是在英国心灵研究协会创立时奠定的。心灵感应（telepathy）这一名称是英国心灵研究协会创会主要成员之一、后来出任会长的剑桥大学教授弗雷德里克·梅耶斯（Frederick Myers）根据希腊语创造的（tele：远程，pathy：同感）。

在当时的伪科学中，催眠术（mesmerism）与通灵术关系密切，影响领域广泛。

18世纪末，德国医生弗朗兹·安东·麦斯麦（Franz Anton Mesmer）提出，人之所以会生病是由于体内"动物磁气"（Animal Magnetism）的均衡被打乱。宇宙中看不见的流动物质（如以太）无处不在（神厌恶真空），这种流动物质——"动物磁气"——如果在人体内总量过少或流动停滞，就会引发各种疾病。

但麦斯麦发现可以用磁石来调理"动物磁气"的紊乱。他手持磁石接近患者身体，成功治愈了疾病。详细情况可以参考玛利亚·M.塔塔尔（Maria M.Tatar）的《魔眼魅人：催眠术与文学研究》（*Spellbound: Studies on Mesmerism and Literature*，1978年）。即使是不喜欢怪奇幻想小说的读者，只要是对文学、科学和巫术之间的关系有兴趣的，都能从这部研究专著中受到启发、有所获益。

"mesmerism"也就是今天所说的催眠术。麦斯麦终生相信自己提出的"动物磁气"，当然这种物质并不存在。之所以能够带来治疗效果，是因为其名医身份起到了暗示疗法的作用。

19世纪中叶，外科医生詹姆斯·布莱德（James Blade）经常参加麦斯麦的信徒组织的实验会，但他却怀疑"动物磁气"的存在。他科学地解释了磁气疗法，并将催眠术的名称由"mesmerism"改为"hypnotism"。

后来，巴黎的神经科医生让–马丁·沙可（Jean-Martin Charcot）

将催眠疗法用于歇斯底里症的研究。弗洛伊德参加过他的讲座，后来开辟了对无意识和梦的研究，并将其体系化。

上文中提到催眠术的实验会，这在19世纪上半叶也被称为降灵会。实验对象进入恍惚朦胧的状态，借助魂灵的力量作出种种举动，如预知、透视、念写、精神感应和念力等。这些正是后来出现的通灵术。因此可以看出疯癫、梦、无意识和灵界之间的关系十分密切，精神科医生、灵媒、超能力者和侦探的角色基本相同。顺便说句题外话，弗洛伊德和福尔摩斯是同时代人。

有意思的是，19世纪末有催眠术士三大恶人的说法，弗洛伊德就是其中之一。在进入20世纪10年代后，弗洛伊德才得到正面

催眠术（讽刺画）

评价并享誉世界。在此之前，他一直因为儿童期性倒错这种惊世骇俗的主张，而被世人当成骗子。

其他两个令人胆寒的恶人都是虚构作品中的人物，分别是乔治·杜·莫里耶（George Du Maurier）的《毡帽》（Trilby，1894年）中的斯文加利和斯托克笔下的吸血鬼德古拉。三人都被认为拥有邪眼（evil eye）而被世人畏惧。值得一提的是，三人都是东欧出身，这也反映了当时的反犹主义思潮。

神秘侦探登场！

斯托克的《德古拉》是一部知名的维多利亚时代哥特小说，但故事的前半部分可作为一部以范海辛教授为主的推理小说阅读欣赏。这个拥有百科全书般知识的精神科医生用伪科学的术语向弟子西沃德医生解释了吸血鬼的怪异。

"估计你绝不相信'轮回转世'，不相信会出现幽灵或鬼魂，也不相信千里眼、读心术、催眠术这些东西。"

"嗯，沙可都已经充分证明过了。"

"（前略）那你怎么看催眠术？书上的那些观点你是怎么抗拒的？你跟我说说。现在电气科学已经极度发达了。要是在以前，发现电的人会被认为是对神的亵渎。到现在还有人说发现电的是妖术师，会引火烧身。（后略）"

范海辛教授还将德古拉视为退化的、性侵儿童的罪犯要将其

怪异猎奇：世界推理小说全史

治罪。支撑这种观点的是当时意大利精神病学家切萨雷·龙勃罗梭（Cesare Lombroso）提出的"天生犯罪人理论"。

龙勃罗梭以实证主义精神为基础，将18世纪末约翰·卡斯帕·拉瓦特（Johann Kaspar Lavater）的观相术、19世纪上半叶弗朗兹·约瑟夫·加尔（Franz Joseph Gall）的颅相学、19世纪下半叶弗朗西斯·高尔顿（Francis Galton）的优生学（Eugenics）等伪科学脱胎换骨，创立了披着退化论外衣的犯罪人类学，并使其在19世纪末风靡一时。当然，他对催眠术和通灵术也表现出浓厚的兴趣，还加入了英国心灵研究协会（他通过调查研究，认定人死魂不灭和灵界的存在都是事实！）。

很多人都知道，《德古拉》受作者同胞爱尔兰作家拉·芬努的中篇小说《卡蜜拉》（*Carmilla*，1872年）的影响。其实范海辛教授这一角色身上也有拉·芬努笔下的马汀·赫塞柳斯医生的影子，但这一点少有人提及。

赫塞柳斯医生正是小说中神秘侦探的雏形。

当然并不是说在赫塞柳斯医生之前，也就是通灵术的鼎盛时期，就完全没有通过伪科学来对超自然现象进行调查研究、解开谜团的人物角色。比如美国作家菲茨·詹姆斯·奥布莱恩（Fitz-James O' Brien）笔下的哈里·埃斯科特就是其中之一。这一角色在其幽灵奇谭《郁金香花盆》（*The Pot of Tulips*，1855年）和世界上首个关于不可见的东西的透明怪谈《那是什么》（"*What Was It? —A Mystery*"，1859年）中出场。巧合的是，奥布莱恩同样出生于爱尔兰。

上一章曾提到奇情小说热门作家之一布尔沃·利顿的中篇《鬼屋》(*The Haunted and the Haunters or the House and the Brain*, 1859年) 中也有类似的角色。

小说中的无名叙述者坚信: "超自然是绝对不可能存在的。现在被称为超自然的东西, 都在人类尚未掌握的'自然'的法则之中。"

为了证明自己的观点, 充当神秘侦探角色的无名叙述者带着爱犬和男仆前往鬼屋调查种种怪异现象。结果, 多个超自然现象让爱犬惨死, 一向胆大的男仆也尖叫着落荒而逃。叙述者只身留下, 在里面过了一夜。他对鬼屋的主人如此说道:

"(前略) 我坚信, 只要把这桩怪事查个底朝天, 肯定能发现背后是个大活人在搞鬼。"

"什么! 你说那些都是人搞的鬼? 那又是为了什么呢?"

"不, 不是一般意义上的搞鬼。假设我现在突然陷入沉睡, 你叫也叫不醒我。但如果我在沉睡中被问到什么, 会回答得特别准确, 完全比清醒的时候还准确。比如问我口袋里有多少钱, 问我在想什么。这些都能答上来。这些当然不是一般的搞鬼, 而是跟超自然一样。也就是说, 我自己并没有意识, 而是被远方的某个人——以前通过交感从我身上得到力量的人施加了催眠术。"

"(前略) 比如让空中出现东西、发生声响, 你是说这些不可思议的现象都是催眠师搞出来的？"

"（前略）世间一般说的催眠师是做不到的。但是有一种非常类似催眠术，而且魔力远超过它的东西，比如像过去的魔法那样的力量。虽然这些力量不会对没有生命的东西起作用，但就算起了作用，也不违反自然。那种力量反而是在自然中，被赋予了拥有某种特殊性质的体质，再通过反复练习从而达到了异常的程度。"

也就是说，对扮演神秘侦探角色的无名叙述者来说，怪异现象并不是有人搞鬼，也不是超自然的作用，而是人的未知潜能（超心理学）在发挥作用。

因此无名叙述者体验的幽灵现象被如此解释：

"（前略）幽灵现象是现在远处某个人的头脑中产生出来的东西。这个头脑对已经发生的东西，并没有明确的意志。在那里发生的事情只是那个头脑一直拥有的、杂乱无章的、变化无常的、半生不熟的想法的反映。就是一个行动了一半、又冻结了一半的梦而已。"

这种对超自然和伪科学的看法，成为后来众多神秘侦探探案时的坚实理论基础。

布尔沃·利顿还著有《一个离奇的故事》，这部被誉为神秘文学最高峰的作品讲述了围绕长寿仙药展开的灵异斗争。对维多利亚时代的伪科学、通灵术和神秘主义有兴趣的读者，建议读一读这本既有学究气又异想天开的大部头作品。

神秘侦探飞扬跋扈

有人将查尔斯·菲利克斯（Charles Felix）的《诺丁山之谜》（*The Notting Hill Mystery*，1862年）称为世界首部长篇侦探小说，但这部作品与威尔基·柯林斯的《白衣女人》相同，基本上应该归类为奇情小说。作品讲述了通过催眠术和心灵感应实施的犯罪，以及扮演神秘侦探角色的调查员拉尔夫·亨德森利用透视破案的故事。这部作品是维多利亚时代特有的怪作，反映了当时这些超自然现象通过伪科学背书得到了人们的信任。有意思的是，该书插画由乔治·杜·莫里耶绘制。莫里耶后来因患眼疾而改行写作，并创作了长篇小说《毡帽》。作品中绝代恶人斯文加利的造型或许就是在细读了以催眠术为重要元素的《诺丁山之谜》后受到的启发。

女作家梅塔·维克多利亚·富勒·维克多（Metta Victoria Fuller Victor）的作品，美国首部推理长篇小说《死亡信件》（*The Dead Letter*，1866年）的主角伯顿侦探也是通过透视能力得以侦破案件。这部作品也被称为"舒逸推理"（Cozy Mystery）的滥觞。

在介绍了主要先驱之后，我们再回到刚才提到的拉·芬努笔下的神秘侦探雏形赫塞柳斯医生身上。这位哲学家、医生在《仇魔》（*Dickon the Devil*）中如此说道：

讲得笼统一点，这种相似的疾病都可以分为三类。首先这种分类都建立在主观和客观这一根本的区别之上。在宣称见过超自然现象的人中，有些仅仅是因为患了幻觉症，这些患者因大脑障碍或者神经障碍而产生幻觉。另外一些人是被外部的某种神秘力量侵犯。还有一些人的病是上述两种情况兼而有之。内倾意识一旦在疾病的作用下被打开，就永远关不上了。

在这种观点的背后，有神秘主义者伊曼纽·史威登堡（Emanuel Swedenborg, 1688—1772年）的教义的影响。也就是说，人间和灵界不仅可以相互对应，对于后者，还可以通过特别的能力——打开心眼来感知。

但实际上这个神秘侦探在故事中并没有大显身手，充其量只是个评论员，将超自然事件当作异常心理的产物记录下来了而已。因此作为故事角色，并没有给人留下深刻的印象。比如，作为女同性恋吸血鬼故事而知名的中篇小说《卡蜜拉》中也有赫塞柳斯医生出场，主干故事将一个病例记录呈现给读者，赫塞柳斯医生只是对之进行了伪科学的解释。在同类风格作品中，还有作为怪谈杰作也名声颇高的短篇小说《绿茶》（*Green Tea*, 1872年）。笔者曾在拙著《恐怖小说大全》（1997年）中分析过该作品，读者可在阅读时参考该书。

最后列举在赫塞柳斯医生之后出现的三大神秘侦探，分别是因《弗拉克斯曼·洛的神秘心理学家》（*Flaxman Low, Occult*

Psychologist，1898年）一书出名的母子作家E&H.赫伦（E&H. Heron）①笔下的神秘侦探弗拉克斯曼·洛，阿尔杰农·布莱克伍德（Algernon Blackwood）笔下的妖怪博士约翰·西伦斯（1908年），还有威廉姆·霍普·霍奇森（William Hope Hodgson）笔下的幽灵猎人卡耐奇（1910年）。关于其他神秘侦探以及当今现代恐怖小说中的超能力侦探，读者同样可以参考拙著《恐怖小说大全》。

不过，布莱克伍德的《妖怪博士约翰·西伦斯》（*The Complete John Silence Stories*，1908年）和霍奇森的《幽灵猎手》（*Carnacki, the Ghost-Finder*，1913年）是神秘侦探小说中的经典代表作品，建议读者直接阅读原著。

后来的神秘侦探题材作品还有英国夫妇作家艾丽斯·艾斯丘和克劳德·艾斯丘（Alice & Claude Askew）的《艾尔默·万斯：幽灵先知》（*Aylmer Vance: Ghost Seer*，1914年）和因美国西伯里·奎因（Seabury Quinn）的《恶魔的新娘》（*The Devil's Bride*，1932年）一书而出名的神秘侦探儒勒·德·戈兰丁系列（Jules de Grandin，1925—1951年）。但在儒勒·德·戈兰丁系列之后，这种以超自然的方法来破案的推理小说就逐渐衰落下去了。

衰落的原因很简单。1928年，范·达因（S.S.Van Dine）和

---

① E&H·赫伦是作家赫斯基思·普理查德（Hesketh Pritchard）和母亲凯特（Kate）的笔名。

怪异猎奇：世界推理小说全史

罗纳德·诺克斯（Ronald Knox）分别发表了"推理小说二十条法则"（Twenty Rules for Writing Detective Stories）和"推理小说十诫"（Ten Commandments of Detection）。两人均设定了一个基本游戏规则：在侦探小说的写作中，采用超自然的元素是不公平的。

不过时至今日，仍有神秘侦探题材的佳作接连问世，如科幻作家丽莎·图托（Lisa Tuttle）所著、以侦探杰斯帕森和莱恩为主人公的《梦游者和心灵窃贼的奇遇》（*The Curious Affair of the Somnambulist and the Psychic Thief*，2017年）。

真实存在的神秘侦探

这里岔开一笔。在日本，神秘侦探乃至幽灵猎人（ghost hunter）当然都不是寻常的职业，一般以驱魔除邪为主业的人都自称"法师"或"祈祷师"。但在国外，幽灵猎人——现在称"幽灵克星"（ghost buster）更合适——却是一种见怪不怪的行当。

笔者小时候看迪士尼的米老鼠系列动画短片《寂寞的幽灵》（*Lonesome Ghosts*，1937年）才第一次知道幽灵猎人。在欧美，一个叫哈里·普莱斯（Harry Price，1881—1948年）的人让这个职业家喻户晓。他著述颇丰，还经常在媒体上抛头露面，总之善于自我推销、自我展示是其知名度高的主要原因。因此也有很多人称他是骗子、戏精。对他的种种事迹，很多学者和有识之士反驳称，他调查解决的怪异现象大半是自导自演的。

哈里·普莱斯少年时代被魔术深深吸引，从而对超常现象产生了浓厚兴趣。他的魔术水平也算半个专业级的，所以要耍些机关、制造点幻觉简直易如反掌。

说起幻觉，有科幻电影之父、特技拍摄鼻祖之誉的乔治·梅里爱（Georges Méliès）导演就曾经是一名魔术师。另外，电影天才奥逊·威尔斯（Orson Welles）进入话剧、电影行业也是因为少年时代对魔术的热爱。

不管是幻觉还是现实，是真还是伪，哈里·普莱斯相继揭露了降灵会、灵媒、用人语预言的奇獠之谜、印度魔术火上行走的秘密等。他还因调查"英国头号凶宅"波利牧师住宅而名满天下。他历时二十年持续调查，并在这座凶宅里住了一年，结果他证明里面发生的种种离奇神秘现象都是真实的。他把调查结果写成了两本大部头著作，出版后大为畅销。

哈里·普莱斯活跃于20世纪上半叶，从1908年开始打出了幽灵猎人的招牌，与布莱克伍德的妖怪博士约翰·西伦斯出现在同一时期。当然，从现代日本人的角度来看，这是个不明所以、稀奇古怪的行当。不过，拜通灵术热潮所赐，那个时候欧美已经出现了让这些职业骗子招摇过市的土壤。温子仁导演的超自然恐怖电影《招魂》（*The Conjuring*）系列能够在欧美持续受到热捧也是这个原因。

当然，哈里·普莱斯也曾于1920年加入英国心灵研究协会。他还通过向其他会员揭秘魔术把戏，传授揭穿降灵会和灵媒伎俩的方法。但由于他表现欲和权力欲过强，最终引来其他会员的厌恶，以至于他向协会捐赠的魔术相关海量藏品都在1927年被退还了。

第 **5** 章

从柯南·道尔到
弗洛伊德

神秘侦探试图用理性解开超常现象之谜，1882年，英国心灵研究协会的成立和维多利亚时代鬼故事的流行是其备受瞩目的两大社会背景。但最关键的因素还是一位名侦探在伦敦贝克街的出现。

神秘侦探博得人气实际是在19世纪末到20世纪初之间。布莱克伍德笔下的妖怪博士约翰·西伦斯和霍普·霍奇森笔下的幽灵猎人卡耐奇都诞生于这一时期。

促使这些怪奇神秘侦探登场的正宗名侦探就是大名鼎鼎的夏洛克·福尔摩斯。拉·芬努笔下的神秘侦探赫塞柳斯博士是一名医生，作者将事件以病例的形式呈现在读者面前。而福尔摩斯的作者柯南·道尔在成为职业作家之前也是一名医生，读者熟悉的福尔摩斯的搭档华生博士也是医生。

福尔摩斯探案集可以说是一个专业医生写下的"病例记录"。案件叙述者华生医生其实就是柯南·道尔的分身（double），同时也是福尔摩斯的分身（split）。顺便说一下，塞万提斯于1605年塑造的堂吉诃德和他的仆人桑丘·潘沙可谓是文学史上最早的分身（split）。

福尔摩斯系列的首部作品是1887年发表的《血字的研究》（*A Study in Scarlet*），这也是柯南·道尔的长篇处女作。稿件完成于1886年，投稿后曾两度被拒，直到投给第三家出版社才得以在杂志上登载。不过比起J.K.罗琳（J.K.Rowling）的《哈利·波特与魔法石》（*Harry Potter and the Sorcerer's Stone*，1997年）曾被八家出版社拒绝，柯南·道尔的运气还不算太差。前两家出版社要是知道福尔摩斯系列作品至今依然畅销不绝，估计肠子都要悔青了。不过当时他们并不后悔，因为作品发表后既不叫好，也不叫座。

柯南·道尔因此萌生了放弃小说创作，专心做一名医生的念头。但1889年美国一家杂志社向他伸出橄榄枝，邀请他写作一部长篇小说。柯南·道尔接受邀请写下了福尔摩斯系列的第二部长篇《四签名》（*The Sign of the Four*，1890年）。

巧合的是，王尔德也参加了该杂志社在酒店举办的编辑策划会暨午餐会，并同样收到约稿。结果，《四签名》刊登在杂志的1890年2月号上，王尔德的分身题材杰作、怪奇幻想小说《道林·格雷的画像》（*The Picture of Dorian Gray*）则刊登在同年7月号上。

但《四签名》同样没有一炮走红。当时另一本推理小说——澳大利亚作家弗格斯·休姆（Fergus Hume）的《双轮马车的秘密》（*The Mystery of a Hansom Cab*，1886年）正享受着超级畅销书的荣光，该书创下了全球销售50万册的历史记录。考虑到19世纪末的出版状况和读者人口，这简直是一个天文数字。

当时，英国读书界的主流还是奇情小说。而在法国，一个报纸连载小说作家正博得好评，他就是法国侦探小说的鼻祖埃米尔·加博里奥（Emile Gaboriau）。其作品中《勒鲁菊案件》（法语：*L'Affaire Lerouge*，1866年）和《勒考克侦探》（法语：*Monsieur Lecoq*，1869年）最为知名。尤其后者被认为是法国刑警侦探小说的滥觞。甚至有人认为，长篇推理小说的开山之作既不是威尔基·柯林斯的《月亮宝石》，也不是柯南·道尔的福尔摩斯系列，而是加博里奥的勒考克系列作品。

弗格斯·休姆大量阅读加博里奥的热门推理小说（在加博里奥生前，其作品被称为"司法小说"），汲取作品大卖的精髓，并思考如何运用到自己的作品中。超级畅销书《双轮马车的秘密》就是其学习借鉴的成果。

柯南·道尔也多多少少模仿了加博里奥的故事结构。另外，罗伯特·路易斯·史蒂文森和妻子芬妮·史蒂文森（Fanny Stevenson）合著的短篇作品集《续新天方夜谭：爆破手》（*More New Arabian Nights: The Dynamiter*，1885年）中的《破坏天使的故事》（*Story of the Destroying Angel*）也对柯南·道尔产生过影响。这在《血字的研究》和《四签名》等长篇作品中可见一斑。故事往往分为两部分，一部分讲述现在，即凶案发生后的侦探调查；另一部分回忆过去，揭开案件当事人之间复杂隐秘的关系。

加博里奥作品走红的秘密在于篇幅占全书三分之二的情节剧部分，也就是侧重描写案发前凶手和被害人之间的纠葛。当时，还是人世间爱恨交织、浓情似蜜的故事最受欢迎。

在英国火热一时的奇情小说也有同样的倾向，基本内容都是情节剧。前面已经提及的布雷登和因《伊斯特·琳妮》（*East Lynne*，1861年）闻名的亨利·伍德夫人（Henry Wood）等女性作家的作品尤其如此，在吸收情节剧养分的基础上，感伤主义（sentimentalism）色彩浓郁。

但令人意外的是，在推理小说中舍弃凶案发生之前人际关系（尤其是男女关系）中的情感纠葛，专写如何运用科学和数学知识、通过观察分析破案，竟然也大受读者欢迎。柯南·道尔在月刊杂志上刊载独立成篇的福尔摩斯系列短篇作品之后读者大增，似乎之前从未受过冷落。第一年连载的12个短篇作品后来结集出版，题为《福尔摩斯历险记》（*The Adventures of Sherlock Holmes*，1892年）。这部具有纪念意义的作品集奠定了柯南·道尔畅销书作家的地位。

柯南·道尔的解谜小说中，主人公就像解数学题或逻辑题一样，仅借助观察和推理分析破案，而不掺杂多余的感情和感伤，拥有天才头脑的主人公就像一部行走的思考机器。发轫自美国作家爱伦·坡的"推理故事"（本格推理）历经半个世纪，终于又在英国作家柯南·道尔的妙笔下生出新花。

厌倦福尔摩斯的柯南·道尔

福尔摩斯大受欢迎的原因之一在于怪诞的人物设定。这位名侦探拥有清晰的逻辑思维、注重实证的科学精神，宛如一台纯粹的思考机器。但另一方面，他身上也有很多古怪之处。这里引用一段华生博士总结的福尔摩斯的特征。

1. 文学知识——完全没有。

2. 哲学知识——完全没有。

3. 天文学知识——完全没有。

4. 政治学知识——少量。

5. 植物学知识——不确定（熟知颠茄、鸦片等一般毒物，但对园艺一无所知）。

6. 地质学知识——掌握一些实用知识，但仅限于应知内容。能一眼分辨各地土壤，曾经指着我散步后裤腿上的泥点，根据其色泽和密度，判断出是在伦敦哪里溅上的。

7. 化学知识——深厚。

8. 解剖学知识——精确但不成系统。

9. 通俗小说知识——广博。知道本世纪发生的所有令人恐惧的犯罪事件。

10. 擅拉小提琴。

11. 善用棍棒、精通拳击剑术。

12. 精通英国法律实务。

令人意外的是，从列举的内容来看，福尔摩斯并非无所不知的"行走的百科全书"。他跟普通人一样，有专精领域，也有知识盲区（据说得知自己被如此观察后，他还打趣过华生博士）。福尔摩斯对真实犯罪案件了如指掌，一个人就相当于一个19世纪末的苏格兰场（伦敦警察厅总部）。

同时，多个特征也展示出福尔摩斯身上有血有肉的一面。比如喜欢拉小提琴，酷爱乔装打扮（有时并不是探案需要），烟瘾重且经常吸食可卡因和吗啡（有毒瘾），日常生活中不修边幅，感情生活也不为人知，有研究说他讨厌女人。

这种模糊性、多义性和矛盾点对其理性精神形成了潜在的威胁。不过，这样一个有血有肉的鲜活人物形象或许正是福尔摩斯深受众多读者喜爱的主要原因之一。

但随着名侦探福尔摩斯的读者越来越多，柯南·道尔却对他日益厌倦。究其原因，柯南·道尔当初创作福尔摩斯系列只是为了挣点生活费（自己的诊所门可罗雀），成为职业作家后，他开始打算尝试其他小说类型的创作。

结果，跟福尔摩斯分道扬镳的念头让他拿起笔结束了这位名侦探的生命。《最后一案》（*The Final Problem*，1893年）中，福尔摩斯在与宿敌、犯罪集团首脑莫里亚蒂教授决斗时双双跌落瀑布。

据说听到福尔摩斯遇难的消息后，伦敦市民纷纷为之服丧哀悼。福尔摩斯对读者来说是超级英雄，但对柯南·道尔而言却是累赘。在甩掉累赘、恢复自由身之后，柯南·道尔挑战了各种文学类型的创作，包括历史小说、科幻小说、恐怖小说、诗歌和纪实文学等。

《最后一案》完成翌年，柯南·道尔首先发表了中篇小说《寄生虫》（*The Parasite*，1894年）。

主人公是一个名叫吉尔罗伊的年轻医生，专攻生理学，是个坚定的理性主义者。一次聚会上，恩师威尔逊向他介绍了一位通灵师。这位上了年纪的通灵师彭科洛萨女士当众展示了催眠术。对这种能力半信半疑的吉尔罗伊后来专程拜访彭科洛萨女士，并亲身接受催眠术。不知为什么，催眠过程令他感觉非常快乐。

吉尔罗伊后来才察觉到彭科洛萨对自己动了情，已有婚约的吉尔罗伊拒绝了她的爱意。尽管如此，自己却止不住地想见她，双腿控制不住地往她家迈去。于是吉尔罗伊心生一计……

这位年老的通灵师可以算是精神吸血鬼（psychic vampire）。因此有人认为，《寄生虫》和拉·芬努的《卡蜜拉》一道影响了斯托克的《德古拉》。当然，《寄生虫》与爱伦·坡的《瓦尔德马先生病例之真相》（*The Facts in the Case of M. Valdemar*，1845年）也是一脉相承，属于催眠术题材小说。

这里有必要及时说明一下，爱伦·坡对柯南·道尔的影响绝不仅限于侦探杜邦之于福尔摩斯，下面的一个片段可以作为佐证。这段文字出自柯南·道尔的《褐色的手》（*The Brown Hand*，1899年）。小说讲述了一个印度人死后，其鬼魂为了寻找生前失去的一只手臂而四处流浪的故事。引文片段是主人公接到

柯南·道尔《寄生虫》

富有的叔叔寄来的邀请函后，前往乡下府邸的场景。

我乘着马车穿过无比萧索的荒野一路驶向罗登赫斯特。房子终于出现在视野中，当我发现它与周遭的风景完美地融为一体时，不由得生出一丝感动。通向房子的私家道路显然久未打理，入口两侧立着的两根路标已遭半毁，上面满是风雨侵蚀的痕迹。路标上的文字已消失殆尽，只剩残缺的图案依稀可辨。一阵冷风吹过道路两侧成排的榆树，瞬间眼前满是随风飞舞的树叶。道路尽头，浓密的树荫圈出一道昏暗的弧线。树下亮着一盏孤灯，昏黄的灯光让我感觉找到了一丝依靠。黑夜迫近，房子卧在薄暮的光亮中。房子两边各有一间低矮的侧屋，一大一小极不平衡。突出的屋檐、折腰式斜坡屋顶，按照都铎王朝风格用圆木交错堆叠而成的墙壁。大门门廊很低，门的左侧是一扇大大的格子窗户，窗户上映出屋内暖炉里跳动的火苗，令人备感温暖。

是不是与爱伦·坡的名篇《鄂榭府崩溃记》的开头非常相似？
柯南·道尔还有一篇题为《新地下墓穴》（*The New Catacomb*，1898年）的短篇小说。这是一个企图实现完美犯罪的复仇故事，一个考古学家为了杀死同事，将其弃置在宛如迷宫的古罗马地下墓穴。而爱伦·坡也写过类似的复仇故事，《阿芒提拉多的酒桶》（*The Cask of Amontillado*，1846年）中，男子谎称得到了一只罕见的酒桶，将友人诱骗至地下室。

福尔摩斯的"复活"及"再生"

除了推理小说和怪奇幻想小说，爱伦·坡还尝试过冒险小说、科幻小说的创作。前者包括海洋冒险故事《阿瑟·戈登·皮姆历险记》(*The Narrative of Arthur Gordon Pym of Nantucket*，1837年)，后者包括《汉斯·普法尔的非凡历险记》(*The Unparalleled Adventure of One Hans Pfaall*，1835年，未竟稿)。柯南·道尔也有类似作品，如秘境探险故事《失落的世界》(*The Lost World*，1912年)和科幻小说《有毒地带》(*The Poison Belt*，1913年)。

这两部长篇被称为"查林杰教授系列作品"。与思考派的福尔摩斯不同，查林杰教授是个行动派。柯南·道尔还有一部通灵题材长篇小说《雾国》(*Country of fog*，1926年)和两部短篇小说的主人公也是好动的查林杰教授。

《失落的世界》曾多次被拍成电影，但在讨论这部作品之前，有必要先谈谈福尔摩斯系列的第三部长篇《巴斯克维尔的猎犬》(*The Hound of the Baskervilles*，1901年)。

柯南·道尔通过《最后一案》与福尔摩斯诀别后，读者强烈要求让这位名侦探复活（出版社也提出同样请求）。无奈之下，他只得拿起笔请福尔摩斯重新出山，于是便有了《巴斯克维尔的猎犬》。

福尔摩斯系列共有四部长篇（短篇共五十六部），分别是《血字的研究》《四签名》《巴斯克维尔的猎犬》《恐怖谷》。其中评价最高的就是《巴斯克维尔的猎犬》。这里先介绍一下故事概要。

故事发生在英国西南部的达特穆尔，大户人家巴斯克维尔家族世代居住于此。一天，族长查尔斯突然死于心脏病发作。但死亡现场却是一片荒野，时间是半夜，当时人们听到了惨叫声，尸体周围还有巨大的兽类脚印。根据当地的传说，巴斯克维尔家族受到了诅咒，一只魔鬼般的猎犬是这个家族的索命克星，历代族长都死于非命。如果喷火魔犬的诅咒传说属实，那么即将成为新族长的年轻人亨利·巴斯克维尔的性命也岌岌可危。而且巴斯克维尔家用人们的举动也十分可疑。福尔摩斯接到调查请求后开始着手查明真相。然而这一次他决定只派搭档华生博士到当地搜集信息，自己则留在伦敦调查另一案件……

《巴斯克维尔的猎犬》是一部拉德克利夫风格的哥特推理小说。故事主题围绕人们对超自然怪异事件深信不疑的心理以及由此产生的恐惧，主要讲述了慑于喷火魔犬的淫威、苦于诅咒传说的巴斯克维尔家族的秘密。当然，福尔摩斯通过细致的观察和逻辑分析破解了超常现象之谜。探案过程中，福尔摩斯曾说道："这是一个有趣的返祖案例，而且表现在肉体和精神两方面。"实际上这也是作品的主题之一。

这里用"复活""回归""回顾""再生"四个关键词解释一下这么说的原因。柯南·道尔凭借《巴斯克维尔的猎犬》，暌违八年"回归"侦探小说，并让被认为已经遇难的福尔摩斯"再生"。而故事本身又是福尔摩斯死亡（失踪）五年前的"回顾"

之谈，笼罩全篇的恐怖气氛是黄金岁月哥特小说的"复活"。故事中一连串名为"过去"的"亡灵"大量出现，使得《巴斯克维尔的猎犬》成为一部恐怖怪谭风格的解谜小说。

名为"过去"的"亡灵"也属于弗洛伊德提出的"令人害怕的东西"。曾经非常熟稔的事象一直被压抑在内心深处，现在因故再次出现在眼前，就成了"令人害怕的东西"。

刚才提到福尔摩斯的台词"这是一个有趣的返祖案例，而且表现在肉体和精神两方面"，这是他指着一幅肖像说出的话（为了避免剧透，不能解释得过于详细）。福尔摩斯在那个场景下所说的"返祖"，是故事中作为超自然现象出现的轮回转世或者说先祖灵魂附体。理智理性的化身福尔摩斯说出这样的台词，与当时遗传学、生理学和地质学的发展，以及风靡19世纪末维多利亚时代的"令人害怕的东西"即"退化（变质）论"不无关系。

挑战世界之谜的侦探们

1859年，达尔文发表《物种起源》（*On the Origin of Species*），提出进化论。生物进化论后来派生出社会进化论，成为帝国主义发动侵略战争和开拓海外殖民地的理论工具。但另一方面，开始有人认为人类并非进化的最终形态或者终点。这种否定的观点意味着"创世神话"的破灭。

当时人们对神灵、神圣、基督教的信仰一落千丈。不仅如此，当时大英帝国在政治、经济、军事和科技等方面也已日薄西山，德国和美国在全世界的发展势头逐渐成为威胁。

在19世纪末的英国，资产阶级有三块心病。首先是工人阶级，19世纪70年代到90年代的经济大萧条使工人阶级加强了团结、增强了力量。工人数量超过了中产阶级，且大半是外来移民。其次是新女性的出现，她们敢于在社会和政治方面提出自己的主张。这对有父权制社会典范之称的维多利亚时代的各项制度构成了威胁。第三是唯美主义者，他们夸张的性别差异逆转否定了传统男性气质概念，动摇了家庭和社会的基础，对大英帝国的未来构成了潜在威胁。

工人阶级中越来越多的移民导致血统劣化，新女性的出现引发父权制社会规范崩坏，唯美主义者的性倒错带来生育状况的恶化。人们认为这些负面现象的蔓延会使国家衰弱倒退，而且已经进化到顶点的人类也会退回原点，也就是走上野人化、野兽化的道路。这就是上文提到的返祖。

英国小说家亨利·赖德·哈格德（Henry Rider Haggard）奠定了秘境冒险小说的基本风格。他的两部作品《所罗门王的宝藏》（*King Solomon's Mines*，1885年）和《她》（*She*，1887年）对《失落的世界》影响颇深。

古生物学家查林杰教授在南美亚马孙丛林的腹地深处发现了一种人们认为已经灭绝的古代生物。于是他组织了一支由报社记者和探险家组成的调查团前往当地。穿过密林后出现的一片台地就是"失落的世界"，远古的恐龙在此游走。教授一行要从肉食恐龙和猿人的手中救出生活在此地的原住民……

　　退化论意味着已经爬上物种进化金字塔顶端的人类只会倒退至野蛮人状态，人类内心深处潜藏着的原始人或野兽某天会突然被释放出来。这正是"令人害怕的东西"。《失落的世界》可谓是一部将"令人害怕的东西"置于宏大的世界来讲述的作品。儒勒·凡尔纳（Jules Verne）的《地心游记》（法语：*Voyage au centre de la Terre*，1864年）、刘易斯·卡罗尔以地下世界为故事舞台的《爱丽丝梦游仙境》（*Alice's Adventures in Wonderland*，1865年）都可以算是同类作品。

　　关于退化论，后面还将另做讨论，这里想从其他视角分析凡

《失落的世界》（查林杰教授和猿人）

　　　　　　　　怪异猎奇：世界推理小说全史

尔纳、哈格德、柯南·道尔的作品以及埃德加·赖斯·巴勒斯（Edgar Rice Burroughs）的《被时间遗忘的土地》（*The Land That Time Forgot*, 1924）等地心探险小说和秘境冒险作品大受欢迎的理由——一个跟侦探小说走红相通的文化因素。

简单来说，从19世纪末至20世纪上半叶，知识分子最关心的就是如何探明、揭露、解读。在他们的世界观中，凡事都有另外一面——在现象的背后、中间、深处和下面是隐藏的真相、有待发现的关键秘密。

通过化支离破碎为首尾一贯、化模糊不清为明白晓畅、化不可言状为可道可名，从而使世界更加和谐、有序、明了。这些知识分子、文人都有一种使命自觉，认为自己应当是侦探，去解开世界这个谜团；应当是医生，去诊断神秘现象这个疾病，找出内部和底层潜藏的病因（真理）。侦探兼医生的代表人物当数精神分析医师弗洛伊德。

德国当代马克思主义哲学家、神学家恩斯特·布洛赫（Ernst Bloch）在《侦探小说的哲学考察》（*A Philosophical View of the Detective Novel*, 1971年）中所讲述的内容，表明了根据因果法则探索"内部"和"底层"深处秘密的精神。

首先是解谜引发的悬念。它以侦探般的方式将其自身指向侦探小说的第二个特征——揭开面具，即揭露，并着重强调往往能从中体验到的极其重要的东西。揭露行为将读者带入事件经过，要解开事件的谜团必须借助故事没有讲述的部分和故事发生之前的内容。上述的第三个方面是侦探小说最鲜明的特征，使其区别于侦探人物本身、成为不可替代的小说形式。（中略）一项罪行，通常是谋杀案，早在故事开始之前就已发生。在其他故事形式中，不管是普通行为还是犯罪行为，都会呈现在拥有全知视角的读者面前。侦探小说则相反。尽管犯罪手法巧妙，罪犯还是避开了阳光，徘徊在故事背景中。罪行发生时读者是缺席的，因此罪行必须被暴露到光天化日之下，而这一过程本身正是侦探小说独一无二的主题。暗地里见不得人的事情是不能直接描写的，甚至在伏笔中都不能提及。只有通过挖掘工作，即原型复原方能将其展现给读者。

"揭开面具，即揭露"与"挖掘工作，即原型复原"正是弗洛伊德在与约瑟夫·布鲁尔（Josef Breuer）合著《歇斯底里症研究》（德语：*Studien über Hysterie*，1895年）时开始尝试的侦探活动。翌年，弗洛伊德首次使用"精神分析"一词。1900年，弗洛伊德出版《梦的解析》（德语：*Die Traumdeutung*），并将是年作为精神分析学诞生之年。

当然，《梦的解析》也可以理解为是侦探故事，对梦这一文本（事件）加以解读（解谜），挖掘隐藏的意义（揭露真相）。但弗洛伊德1904年发表的歇斯底里症研究作品《少女杜拉的故事》（德语：*Bruchstücke einer Hysterie-Analyse*）才算是一个有真

柯南·道尔与早逝儿子的魂灵的合影

实感的故事，一部"超一流的侦探小说"。

　　弗洛伊德提出的概念中最有名的是俄狄浦斯情结（Oedipus Complex）。众所周知，这一概念源自古希腊三大悲剧作家之一索福克勒斯（Sophocles）的《俄狄浦斯王》（*Oedipus*，前427年左右）。这一经典悲剧的主人公俄狄浦斯王其实没有真正理解斯芬克斯之谜，从而成为"败走的侦探"的原型。这个作品也是最早使用侦探即罪犯这个桥段的。

　　精神分析学尚未诞生时，心灵的问题完全归于心理学范畴，实际上直到20世纪初叶之前，心理学领域都没有科学的学问划分。因此，对于作为门外汉的普通大众来说，心理学就是通灵术的同义词。

柯南·道尔原本是医生，也因此塑造了尊崇理性主义、被视为理性化身的名侦探福尔摩斯，但为什么却在晚年陷入非理性的灵异世界和超自然的妖怪世界中？为什么甚至在小说《雾国》中让科学家查林杰教授在通灵现象面前屈膝？或许是因为，通灵术与19世纪实证主义的精神即资产阶级的信念是重合的。两者都追求把模糊不定、不可言状、目不可视的东西变得秩序井然和确定无疑，把混沌和谜团变成板上钉钉、可道可名、可视可见的东西。或许柯南·道尔想通过科学家（侦探）的落荒而逃，从反面证明超自然现象和通灵术的正当性、合理性。

第 *6* 章

内心的半兽人、
吸血鬼、火星人

19世纪末，退化论作为与进化论相对的概念成为人们热议的话题。熵定律（Law of Entropy）则使其变得确定无疑，并让人类陷入绝望。

熵定律在20世纪末也曾一度成为热门话题。不过当时人们是为了讨论如何运用熵定律解决环境和能源问题，对其态度比较积极。

首先熵定律到底是什么？

想必大家都在物理课上学过热力学定律，知道其中包括第一定律和第二定律。

第一定律是能量守恒定律，认为"宇宙中的能量是一定的，不增不减。物质变化时仅仅形态发生变化，本质没有任何改变"。

第二定律就是熵定律，认为"物质和能量只在一定方向上发生变化，从可以利用的变为不可利用的，从井然有序变为混乱无序"。

可以用汽油为例具体说明。汽油的能量能够驱动发动机使车子前行，但同时也会排热、排气。这种情况下，驱动发动机的能量就是"可以利用的"，而释放出的热量和废气就是"不可利用的"。将"可以利用的"（正能量）和"不可利用的"（负能量）相加，就是原有能量的总和。

再以寒天用的石油取暖炉为例说明。一部分能量转化成热量使房间变暖，其他能量则变为有毒气体散布到空气中。

类似如此，一切都是"从可以利用的变为不可利用的，从井然有序变为混乱无序"。也就是说，虽然只是形态发生改变，从一种状态变成另一种状态，但一切都化为了无用之物——命绝形灭了。有命之物寿终正寝，有形之物分崩离析，绝无历万劫而不灭之物。

所谓熵，其实就是所失之物的尺度。熵增加即意味着其原有性质下降，不可利用的负能量滋生蔓延。根据熵定律，人类和高度的文明社会不但不会继续进化、进步，反而会朝着退化、灭绝的方向一路猛进。这种观点不可避免地使当时的知识分子对未来感到绝望，精神变得颓废。

但是，使得退化论在更广范围内得到传播的却是进化论内含的"返祖"一说。学者认为返祖现象由隔代遗传导致。意大利精神病学家、犯罪人类学家龙勃罗梭提出的"天生犯罪人理论"影响尤为广泛。

信奉观相学、颅相学的时代

龙勃罗梭认为，罪犯几乎都是天生的，在娘胎里就已命中注定。犯罪基因通过隔代遗传，而且"天生的罪犯"从外表特征就能看出。

比如脸部不对称、额头狭窄、发际线后移、眉毛下垂、眼距过宽、眼神阴鸷、鼻梁歪斜、鼻孔朝上、牙齿不齐、嘴唇单薄、颧骨突出、下颌偏大等一连串的特征都属于"罪犯类型"。说得简单一点，就是长得像类人猿，名副其实的"返祖"之人。这对于长得像猴子的人来说，当然是极其伤人的暴言恶语。

龙勃罗梭为什么会想出这种石破天惊的理论？虽然用现在的眼光看来，"天生犯罪人理论"是一种伪科学，当时却被认为非常有科学说服力，根本算不上荒诞不经。

龙勃罗梭的主要理论基础是观相学、颅相学和优生学等伪科学。他还倾心于以托马斯·亨利·赫胥黎（Thomas Henry Huxley）和赫伯特·斯宾塞（Herbert Spencer）为主要代表的社会进化论，并在构建其理论大厦时借用了遗传学、解剖学、神经

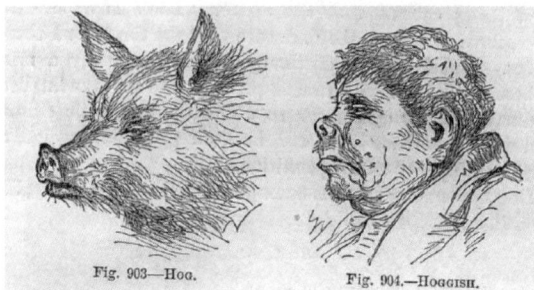

Fig. 903—Hog. Fig. 904.—HOGGISH.

动物形态型观相术

学、统计学、社会学、生理学、心理学、地质学和人类学等当时
最新的科学知识。

其实观相学在亚里士多德（Aristotle）时代业已存在。观相
学按照相面角度，可分为动物形态型、精神面貌型和人种型三
类。比如，根据长相像猪判断此人贪婪肮脏就属于动物形态型；
根据笑口常开判断此人乐观开朗就属于精神面貌型；根据是犹太
人还是埃及人抑或东方人判断性格就属于人种型。总之，这是一
种从外表来判断对方的方法，建立在相由心生这一信仰之上。

英语中的"character"一般被翻译为"性格"，但其本义是"文字"。"Chinese character"的意思就是"汉字"，而非"中国人的性格"。也就是说，深层的文字（性格）会作为一种文本浮现在表层的面相和体型上，对其进行解读就是观相学。

观相学也就是观相术（physiognomy），还曾被称为相人术、读心术。18世纪下半叶，瑞士牧师、思想家约翰·卡斯珀·拉瓦特（Johann Kaspar Lavater）发表《观相学断片》（德语：*Physiognomische Fragmente*，1775—1778年），使其成为一门体系化的科学并得到普及。这门学问的主要目的是探索近乎神的完美之人的容姿。

但是一般大众对这种崇高的神学追求并没有兴趣。工业革命使人口向城市集中，加快了城市化进程。不同于四邻都是亲戚熟人的乡村社会，城市社会举目无亲、人地生疏。对于普通人来说，观相术是一种指导如何与陌生人交流的便捷指南、交际手册。

但是观相术也有不足之处，人可以通过转瞬即逝的表情有意

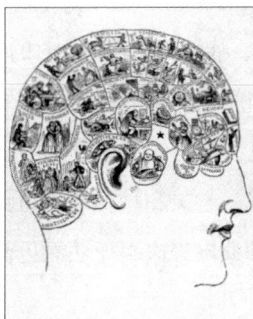

颅相学的影响

识地控制面容。于是作为一种更加准确的读心术，颅相学出现了。颅相学由德国医生弗朗兹·约瑟夫·加尔提出，他认为通过头盖骨形状可以判断人的性格和命运。颅相学还主张运用催眠术使人进入恍惚状态，通过手指按压改变头部外观，即头盖骨形状，从而达到性格矫正的目的。被试者被催眠后的忘我状态也就是灵媒状态，与通灵术息息相关。结果，心灵感应、透视、预知和念力等未知的力量被发现，并带来超心理学的诞生。这也是神秘侦探产生的背景。

观相学和颅相学在19世纪上半叶非常流行。巴尔扎克、埃米尔·左拉（Émile Zola）、狄更斯、威廉·梅克比斯·萨克雷（William Makepeace Thackeray）等现实主义小说作家（尤其擅长讽刺）纷纷将之用于人物塑造。观相学和颅相学还对以奥诺雷·杜米埃（Honoré Daumier）、威廉·荷加斯（William Hogarth）和乔治·克鲁克山克（George Cruikshank）为代表的《潘趣》（*Punch*）[①]派讽刺画家产生了影响。除了作为社交指南，人们还将之用作择偶、雇用管家和用人时的参考。

当然，观相学和颅相学也被用于识别罪犯和疯子，毕竟作为"实证性"的理论，没有比这更方便的了。观相学和颅相学被用作解读人的内在、心灵和精神等不可见的东西，而照片的诞生使得罪犯气质和疯癫等肉眼无法看见的东西可以作为一种

---

① 英国著名讽刺漫画周刊杂志，1841年创刊，1992年停刊。

讽刺画《观相学的影响》（奥诺雷·杜米埃绘）

形象被固定下来。比如休·韦尔奇·戴阿蒙德（Hugh Welch Diamond）以精神病院患者为对象拍摄的医学照片和杜彻尼·博洛尼（Duchenne de Boulogne）拍摄的受电击刺激后脸部表情变化的照片。神经科医生让·马丁·沙可担任院长的萨尔佩特里尔（Salpêtrière）医院收治的女性歇斯底里症患者的照片集也很有名。

　　毋庸置疑，观相学和颅相学助长了人种歧视和男女不平等。因为通过解剖发现，黑人的头盖骨形状接近猿人，女性的头盖骨（大脑）小于男性。

　　19世纪下半叶，随着主张自然淘汰、适者生存和弱肉强食的社会达尔文主义（Social Darwinism）的出现，优生学诞生了。

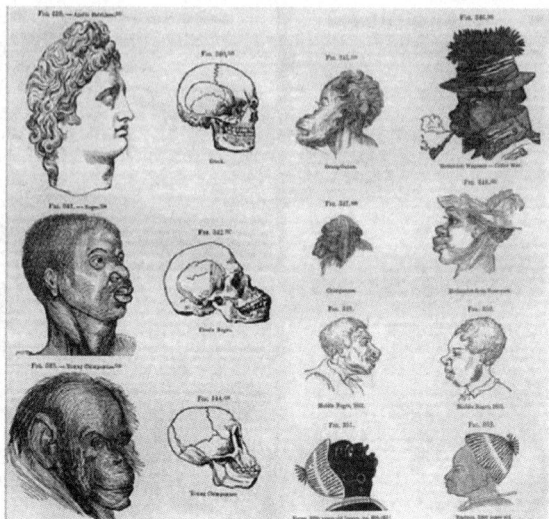

颅相学的影响——人种歧视（头盖骨）

达尔文的表弟、遗传学家、人类学家和统计学家弗朗西斯·高尔顿在《遗传的天才》（*Hereditary Genius*，1869年）中提出从生物学角度改良人类品种比改善环境更加重要，并于1883年使用了"优生学"一词。纳粹迫害犹太人、给罪犯做绝育手术、采用额叶切除手术治疗精神病人等都是极端信奉优生学带来的后果。

这里有必要及时说明一下，现在观相学、颅相学和优生学均被视为伪科学。因此建立在伪科学基础上的龙勃罗梭的"天生犯罪人理论"也不过是披着科学外衣的新迷信、新俗说而已。

令人头疼的是，这些以假乱真的"科学"至今仍然根深蒂固。比如看到罪犯的录像或照片，有人会情不自禁地想：果然，这家伙就长着一张干坏事的脸。电影和漫画等作品中反面角色的长相也总有一些固定特征。

值得一提的是，龙勃罗梭的"天生犯罪人理论"在意大利和英国得到了压倒性的支持，在法国却遭到很多学者的反对，其中包括法医学家亚历山大·拉卡萨涅（Alexandre Lacassagne）和犯罪统计学家、社会学家加布里埃尔·塔尔德（Gabriel Tarde）等人。他们尤其对基于颅相学衍生的生物学还原主义（Reductionism）提出了反驳。

有意思的是，据说法国著名神经解剖学家保罗·布罗卡（Paul Broca）的大脑功能分区理论就是受弗朗茨·加尔的颅相学所启发。而且布罗卡晚年对人类学产生兴趣，提出了自然人类学（也称体质人类学［Physical Anthropology］）。该学问研究人种的各种身体特征，基本采用颅骨测量法。但在布罗卡死后，法国学者仍拒绝认可"天生犯罪人理论"所主张的颅骨的解剖学特征和犯罪的心理学特质之间的直接关联。因为一个好人也有可能不走运，生来就颅骨不正或容貌欠佳。

法国学者在一定程度上也认可遗传相关的观点，只不过不是达尔文进化论中的"隔代遗传"，而是让–巴蒂斯特·拉马克（Jean-Baptiste Lamarck）进化论中的"获得性遗传"（Inheritance of Acquired Traits）。也就是说，罪犯并不是生物还原主义所主张的是先天性的，而是后天环境（社会、风土等）导致的。这是社会学还原主义。不过意大利和法国的犯罪学都是决定论，在这一点上没有太大的差别。

细菌学和犯罪学是同类？

有意思的是，虽然法国学者坚决反对龙勃罗梭以观相学和颅相学为基础的"犯罪人类型"，但负责案件侦破的法国警察部门却对他的类型系统进行了改造利用。

龙勃罗梭大量收集被处决的囚犯和去世的精神障碍患者的头盖骨和尸体面模（death mask）[1]，甚至额头、眉毛、耳朵、鼻子、眼睛和嘴唇等器官的手绘图或照片，建立数据库，"捏造"出——从今天的观点来说的话——种种"类型"。

巴黎警察部门的一个普通文职员工阿方斯·贝蒂荣（Alphonse Bertillon）以龙勃罗梭的"类型"为基础，开发出更加科学的犯人鉴定法。这种方法并非通过"可疑的面相"或"凶恶的脸型"来寻找犯人线索，而是可以看穿一个有前科的嫌犯是否隐姓埋名屡次作恶。

这种识别是初犯还是累犯的系统被称为"人体测定法"。该方法通过精准测量身体，将嫌犯或罪犯特征化，从而加以鉴定。除了身高和体重，该方法还测量记录头、耳、鼻、腕、脚和手指等人体各个部分的数据。

让-雅克·库尔第纳（Jean-Jacques Courtine）和乔治·维加

———————————

[1] 尸体面模是用柔软物质压在死人脸上，变硬后取出制成的死人面部模型。

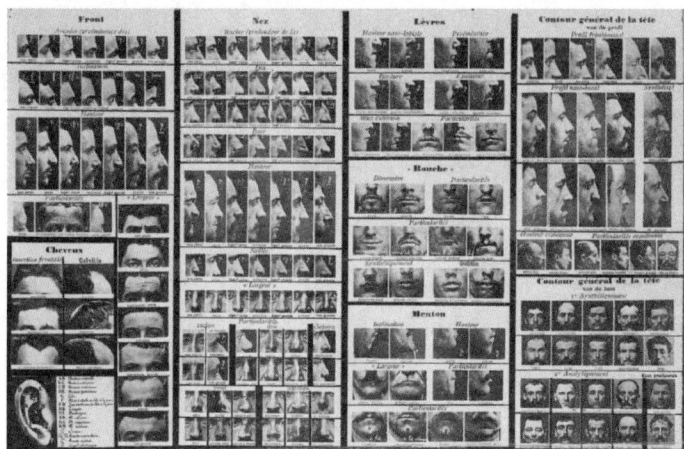

用人体测定法制作的犯罪者类型

埃罗（Georges Vigarello）在阿兰·科尔班（Alain Corbin）等编著的《身体的历史·卷三》（法语：*Histoire Du Corps. Volume 3*, 2006年）第7章"鉴定——蛛丝、马迹、猜想"中如此写道：

> 相比于面相中显而易见的邪恶，更加侧重于没有特征的容貌。且从没有道德判断余地的痕迹之中，追求主体最鲜明的独特性。（中略）根据统计学的分布和大数定律，可以分别为每个人绘制出极其平滑的曲线，因此每个人都是独一无二的。数值的法则已被铭刻进身体，只要能够读取数值，就能分毫不差地锁定作为个别主体的个人。

但是"人体测定"的记录卡片越来越多、堆积如山。在没有电脑的时代，卡片的管理逐渐成为一件棘手的事情。于是指纹鉴定法应运而生，指纹素有"生物学签名"之称，具有独一无二的特性，比"人体测定数值"更加可靠。

向警察推荐利用指纹搜捕和鉴别犯人的是上文提到的优生学鼓吹者弗朗西斯·高尔顿。指纹的优势很多，首先指纹档案几乎不占空间，这一点自不待言。更重要的是，它不是普通的身体痕迹，已从犯罪现场逃离的犯人的指纹痕迹可有效帮助破案。1901年，指纹搜查法开始被苏格兰场采用，但直到20世纪20年代才在整个欧洲得到广泛运用。

顺便提一下，据说最早出现指纹破案的小说是马克·吐温的《傻瓜威尔逊》（*Pudd'nhead Wilson*，1894年）。后来在1903年发表的福尔摩斯系列作品《诺伍德的建筑师》（*The Norwood Builder*）中出现了伪造指纹的情节。4年后，奥斯汀·弗里曼（Austin Freeman）所著的桑代克博士系列首部长篇《红拇指印》（*The Red Thumb Mark*）发表。桑代克博士也是一位名侦探，算是福尔摩斯的同行竞争对手。

再回到刚才的话题。法国学者用化学家、细菌学家路易斯·巴斯德（Louis Pasteur）的微生物学术语，从社会学的角度阐述了诱发犯罪的主要原因与环境条件之间的相互关系。比如，亚历山大·拉卡萨涅说："社会环境是犯罪性的培养皿，罪犯就是病原菌。如果没有能使其成长（发酵）的培养基，这种病原菌就不足为惧。"

鉴定出（刑侦搜查）社会这个身体（环境）中的病原菌（犯罪分子），将其控制（逮捕、监禁）住，最终使其根绝（处刑）。从这种修辞的频繁使用也可以看出，在19世纪末细菌学和犯罪学被视为同种学问。同时，卫生学的疾病防控系统与罪犯管理的术语、方法、解释和修辞也很类似。预防=防范、隔离=囚禁、杀菌消毒=教育矫正。总之，就是不让患者（罪犯）危害社会。

19世纪末，人们注意到犯罪学、细菌学和卫生学持有相似的概念。或许正是因为这一文化背景，才有了名侦探福尔摩斯的诞生。此前还提及过医生与侦探两个概念的同一性，这从上述论述中也能得到确切的证明。

如今，法国学者的犯罪社会因素论——犯罪由环境等后天因素导致——已成为主流（当然遗传因素也没有被完全否定），但从19世纪下半叶到20世纪上半叶，以龙勃罗梭为代表的意大利学者的"天生犯罪人理论"人气更旺。这里的"人气"就是指大众接受度高，文化影响力强。毕竟"天生犯罪人理论"中有很多诉诸民众迷信的成分。就像现在还有很多人相信可以用血型、星座、手相分析性格命运，从古至今，大众的心理其实并没有太大变化。

进化论和退化论曾互为表里

可能已经有读者注意到，爱伦·坡的名侦探杜邦系列作品

《莫格街凶杀案》中用猩猩作为黑人的隐喻其实就是颅相学的应用；在《失窃的信》中，作为知识同步化的方法，通过模仿表情来捕捉对方的心理和思考是观相学的应用；准推理小说《人群中的人》则是观相学和颅相学两者的同时应用。

福尔摩斯模仿杜邦，通过建立在仔细观察和因果法则基础上的逻辑思考来破解谜团。但把观察结果运用于逻辑思考时所用的数据库却是龙勃罗梭的犯罪人类学（尤其是观相学和颅相学）。在《巴斯克维尔的猎犬》中，柯南·道尔还把福尔摩斯与阿方斯·贝蒂荣进行比较。

从今天的眼光来看，龙勃罗梭的犯罪人类学只不过是一门伪科学，但当时却有一位人物为之折服。他就是匈牙利出身的医师、社会评论家马克思·诺尔道（Max Nordau）。他的《退化》（德语：*Entartung*，1892年）以龙勃罗梭的学说为主轴，曾风靡一时。这部著作将当时的艺术家——以王尔德、乔里·卡尔·于斯曼斯（Joris-Karl Huysmans）、亨利克·易卜生（Henrik Ibsen）、莫里斯·梅特林克（Maurice Maeterlinck）、尼采为主的颓废派作家、象征主义画家和神秘主义者当作精神病人（变质者）进行批判，试图纠正颓废的道德。1914年，日本曾出版过节译本。从当今政治正确的角度来看，书中充满必须删节的言论，因此作为资料非常珍贵。

进化论和退化论曾经是互为表里的关系，但在19世纪末退化论占据了上风。正如马克思·诺尔道竭力主张的观点所述，在社会文化方面，道德低下、颓废艺术盛行。在世纪末小说中，一种新题材小说竞相出现，这类小说描写在漫长岁月中被文明社会压抑的原始本能复苏，以半兽人形象浮出水面。

比如斯蒂文森的《化身博士》、斯托克的《德古拉》等描写半兽人内心的哥特恐怖故事杰作。

这些作品非常有名，今天的很多读者即使没有通读过作品，也熟悉书名，知道故事梗概。但当时的读者并没有相关背景知识，在阅读之前既不知道《化身博士》中的案犯是谁，也不知道吸血鬼德古拉的真身是什么，都是当作推理小说来读的。《化身博士》的桥段是受害者即犯人，《德古拉》则是以范海辛教授为主人公的神秘侦探题材作品。

在19世纪末的英国，有一位人气作家与柯南·道尔齐名，创作了众多流传至今的作品，他就是H.G.威尔斯（H.G.Wells）。虽然如今威尔斯作为科幻之父闻名于世（他自己称之为"科学浪漫小说"），但在其半个多世纪的写作生涯中，创作科幻作品仅限于早期的十年时间。作为科幻之父，他的"科幻浪漫小说"少得令人有些意外，但这些少量的作品涵盖了后来科幻作品的几乎所有主题。

同时，威尔斯的作品也受到退化论的影响，有着鲜明的时代烙印。他的科学老师上文曾经提及，是达尔文主义的代言人、以"达尔文门下走狗"著称的赫胥黎。因此也有人认为，威尔斯的作品清一色以进化论和退化论为题材。甚至有人批判他的小说只不过是赫胥黎思想的宣传册。赫胥黎的思想就是"宇宙悲观论"。

这里介绍威尔斯以退化论为题材的几部作品。首先是《莫罗博士岛》(*The Island of Dr. Moreau*，1896年)，这本书被称为威尔斯版的《化身博士》，也是涉及"返祖"的半兽人题材小说。

野兽被科学家成功改造成人类，却很快恢复到野兽状态——在岛上目睹到这场失败的科学实验后，叙述者逃回城市并发出令人印象深刻的感慨。叙述者在马路上看到男男女女，都会忍不住觉得他们是披着人皮的野兽。他总觉得周围的人们即使有着人类的灵魂，最终还是会恢复到本来的兽性，首先展现出捕食性野兽的残忍，最终暴露出凶暴的本性。这一想法令其烦恼不已。这样的心魔正是19世纪末维多利亚时代人们挥之不去的对"返祖"的恐惧。

《时间机器》(*The Time Machine*，1895年)也是关于退化论的故事。有意思的是，这部长篇小说中讲述了进化即退化的观点，流露出对整个宇宙前途命运的悲观。

在柯南·道尔的《失落的世界》和很多秘境冒险小说中，人们通过在空间中徒步穿越至远古的世界。借助机器来实现时间旅行是威尔斯的创意，但《时间机器》并没有满足读者的期待描写自由穿越过去和现在的故事，而是讲述了八十万年后的世界——泰晤士河谷(Thames Valley)地区的超未来社会。

主人公时间航行者抵达A.D.802701世界后首先遇到了爱罗伊人，他们瘦削矮小、身形羸弱，却心地善良、纯真如童。他们的工作就是唱歌跳舞、吃饭睡觉。难道人类终于实现了乌托邦社会？但到了夜里，面相狰狞、形同猿人的莫洛克人从地下世界出现。这些半兽人才是八十万年后世界真正的统治者。爱罗伊人只不过是他们的家畜（食物）而已。

爱罗伊人心身均已退化，莫洛克人则是本能彻底暴露的野蛮人，两个种族都是人类退化的结果。一到夜晚便从地下世界出现的莫洛克人象征着从无意识的深处出现的类人猿般的海德（Hyde）[①]。

顺便说一下，海德"Hyde"一语双关，有隐藏"hide"和兽皮"hide"双重含义；杰基尔"Jekyll"是法语中"je"（我）和英语中"kill"（杀）的合成词。当自我被杀死后，潜藏的怪兽就会出现。且"Jekyll"和"Hyde"中"i"（我）都被隐去。《化身博士》的原著标题"Dr. Jekyll and Mr. Hyde"也暗示了杰基尔被海德占据肉身。

威尔斯作品中最知名的当数《世界大战》(*The War of the Worlds*, 1898年)，如果说这部小说与《德古拉》是同一种作品，恐怕很多读者会一脸意外。

首先，两者都是侵略相关的故事。当时的英国，"侵略战争"题材作品受到热捧。这波流行始于1871年，同年普鲁士军队在普法战争中大获全胜，巴黎沦陷，最终德意志帝国诞生。世界

---

① 海德是《化身博士》中主人公杰基尔医生的另一个化身。

大国负于小国，这让英国近距离感受到新兴势力的威胁。当时一部题为《多尔金之战》（*The Battle of Dorking*）的小说在英国出版，故事中英国在近未来战争中战败。作者名为乔治·切斯尼（George Chesney），其军人身份（时为中佐）给小说内容增加了真实感。

这部作品政治宣传色彩浓厚，主张为了大英帝国国富兵强、国祚永昌，必须增强军事实力、始终居安思危。当时退化论成为民众街谈巷议的话题，人们担心肩负国家前途命运的年轻人变成爱罗伊人。因此很多读者将《多尔金之战》视为一部迫近现实的预言之作。

到了19世纪90年代，"侵略战争"题材作品主要以"未来战争"题材为主，当时与威尔斯齐名的热门作家乔治·格里菲思（George Griffith）和威廉·勒·奎（William Le Queux）分别写作了《革命的天使》（*The Angel of the Revolution*，1893年）和《1897年英格兰的伟大战争》（*The Great War in England in 1897*，1894年），使得侵略战争题材作品达到隆盛。《德古拉》也是在这股潮流中出现的摩登哥特小说，只不过它书写的是东欧（黑暗、非理性、野蛮、退化）对西欧（光明、理性、文明、进步）的侵略。

《世界大战》中的火星人侵犯地球是为了解决粮食危机。他们需要人类的血液来维持生命，也就是说火星人是吸血鬼。火星人与地球人的关系就像《时间机器》中莫洛克人与爱罗伊人之间

《世界大战》中的火星人

的关系一般。

　　火星人拥有高度发达的科技，但也正是完全依赖科技的生活使得他们长成了章鱼模样。那丑陋的外表就是人类未来的容貌。

　　由于帮助移动的代步工具已臻于完美，结果双脚成了无用之物。由于化学方法的发达，消化器官也失去了存在的必要。毛发、鼻子、牙齿、耳朵、下巴这些对人类来说本就不是最关键的器官，则随着自然淘汰的趋势逐渐退化。对人的本质来说最需要的器官只剩下大脑。身体的其他部位中，还有留存可能的只剩下了手，因为这是"脑部的导师"和"代理人"。于是身体的其他部位持续缩小，只有双手越来越大。

也就是说，火星人实际上就是在遥远的未来，为逃脱毁灭的地球而移居火星的地球人。他们乘时光机器而来，为了将人类变成自己的家畜而袭击地球。或许如此解释，可以用退化论说得通。但这样就会产生时间悖论（Time Paradox）的问题。

第 7 章

黑岩泪香
与翻案小说

明治时代被翻译次数最多的小说是笛福的《鲁滨孙漂流记》。那么被翻译次数最多的作家又是谁呢？

如果莎士比亚另作别论，最多的当数儒勒·凡尔纳。他是一名法国作家，如今与英国作家H.G.威尔斯一道，被称为科幻小说之父。当然那个时代还没有科幻小说这一说法，凡尔纳在当时被视为冒险小说作家。

笛福的《鲁滨孙漂流记》不仅是一部讲述荒岛求生的冒险小说，还是一部反映资本主义和殖民政策的作品，这一点最近也已广为人知。比如卡尔·马克思（Karl Marx）就称赞该书作为资本主义的教科书值得一读再读。还有评论家指出，要理解《鲁滨孙漂流记》最好参照阅读马克斯·韦伯（Max Weber）的《新教伦理与资本主义精神》（*The Protestant Ethic and the Spirit of Capitalism*，1905年）。

另外，卢梭在《爱弥儿》（法语：*Émile, ou De l'éducation*，1762年）中把《鲁滨孙漂流记》列为应该最先让儿童阅读的图书之一。因为鲁滨孙在任何艰苦的环境和极限状态下都能保持理性和自立，具体展现了建设现代国家所不可或缺的国民形象。因此，要从孩提时代就灌输理性、自立的思想观念，《鲁滨孙漂流记》再合适不过了。正因为如此，这部求生类冒险小说被改写为儿童读物，并被多家出版社屡次出版发行。

凡尔纳的"奇异旅行"系列也是在这一思潮下被日本人引进和接受的。其作品日译的开始时间与日本政府如火如荼地推行海军强化政策、开拓南洋[①]和扩张殖民地的时期恰好重合。打头阵的是川岛忠之助翻译的《八十天环游地球》（法语：*Le Tour du monde en quatre-vingts jours*，明治十一、十三年，1878、1880

---

① "南洋"系第二次世界大战爆发前及第二次世界大战期间日本对西太平洋上赤道以北若干群岛的统称，包括马里亚纳群岛、帕劳群岛、加罗林群岛和马绍尔群岛。日本在巴黎和会上获得了该区域的委任统治权。

年①）。人们认为该作非常适合作为启蒙书，可以从中轻松学习世界局势、最新科技和资本主义的理性精神。值得一提的是，当时这本书是由庆应义塾大学出版刊行的。换言之，该书受到了福泽谕吉的高度重视。或许从这一点也可以看出，《八十天环游地球》被视为讲解西洋概况的启蒙书。

凡尔纳作品日译的鼎盛期是明治十七年至二十一年（1884—1888年），五年内共有22种新的译著发行。其中很多翻译工作是由井上勤完成的。《从地球到月球》（法语：*De la Terre à la Lune*，1865年）和《海底两万里》（法语：*Vingt mille lieues sous les mers*，1869—1870年）尤为出名。当时凡尔纳还是一位非常活跃的世界级流行作家。

在凡尔纳作品翻译领域仅次于井上勤的是森田思轩。明治二十九年（1896年）有名译之誉的《十五少年漂流记》（法语：*Deux ans de vacances*，1888年）诞生。森田思轩还因翻译维克多·雨果（Victor Hugo）的《侦探尤贝尔》（明治二十二年，1889年）②而闻名。

森田思轩汉字功底深厚，其富有表现力的翻译被称为"周密文体"，在近代日本文学史上留下了浓墨重彩的一笔。当时的翻译几乎都是"乱译·豪杰文体"，只求让读者知道内容。"周密

① 译注分为两部，第一部出版于1878年，第二部出版于1880年。
② 摘译自雨果《见闻录》（法语：*Choses vues*，1830—1846年），明治二十二年1—3月连载于《国民之友》杂志。

文体"则追求翻译忠实于原文，并采用娴熟的汉文调。森田思轩也因此在翻译领域与森鸥外、二叶亭四迷齐名，分别被视为英语、德语和俄语作品的代表译者。

能够比肩森田思轩的是明治时代的"翻译王"黑岩泪香。只不过，他的翻译观与森田完全相反。

明治时代前半期，报纸取得了长足发展。虽然都叫报纸，但当时有大报和小报之分。前者以政治和评论为主，读者群是上流社会的知识分子；后者则以生活讯息和娱乐读物为主，面向普通大众。两者在内容和读者定位上的区别直到中日甲午战争爆发之后才悄然消失。

战争期间，为了解战况而订购报纸的读者激增。为了维持读者群的稳定，各家报社都使出了浑身解数，结果报纸内容变得大同小异。换言之，大报小报的区别消失，都以新闻报道和娱乐内容为主，一律通俗化了。

其中，明治二十五年（1892年）创刊的《万朝报》（取自"よろず重宝"①的谐音）发行量达到全国第一，为5万份。按照现在的标准，这个数字并不算多，但跟排在第二的《邮便报知》的15000份和排在第三的《读卖新闻》的12000份相比，可谓是遥遥领先。

为了吸引读者，《万朝报》以深度曝光为办报方针，揭发政

---

① 日语中"朝报"与"重宝"发音相同，"よろず"为"万"的读音之一，有"万物皆宝"之意。

客、官僚、富翁和贵妇等特权阶层的丑闻和传闻。这种社会新闻被称为"三面记事"就始自《万朝报》。当时的报纸是一张纸对折，共四个版面构成，三版就充斥着上述恶俗的报道。

充满情色诱惑的"三面记事"赢得了普通民众的鼓掌喝彩，尤其是上流社会的花边新闻好评如潮。据说，风流好色的伊藤博文等政府高官每天早晨都要从送来的众多晨报中先心惊胆战地翻开《万朝报》。要知道当时伊藤博文的绰号是"扫帚"，据说他从全国各地搜罗女人，玩过的女人"多得能用扫帚扫出一簸箕倒掉"。他的各种桃色丑闻早就尽人皆知，比如鹿鸣馆时代在首相官邸举办的化装舞会上强奸户田伯爵夫人（当时29岁）。他还霸占自己用人的三个女儿，使其全部成为自己的情人。

由于这些大爆猛料的报道，《万朝报》成了无良报纸的代名词而声名远扬，就像现在所说的"黄色新闻"（Yellow Journalism）①。因此报社老板黑岩周六得名"蝮蛇周六"，并受到特权阶级的忌惮厌恶。"蝮蛇周六"其实就是黑岩泪香。

《万朝报》通过刊登黑岩泪香执笔的名人丑闻而销量大增。其中一个引发争议的连载专栏由于拥趸众多，后以单行本形式结集出版，同样大为畅销。书名是《弊风一斑：蓄妾之实例》（明治三十一年，1898年）。"蓄妾"就是今天常说的"包二奶"，

---

① 指哗众取宠、耸人听闻的文章报道。

出轨蓄妾的男人也被戏称为"畜生"①。当时蓄妾的"畜生"达五百一十人之多，这些知名人士成为泪香侦探活动的猎物，并被暴露示众。其中当然包括刚才提及的伊藤博文，就连胜海舟、森鸥外也未能幸免，令人瞠目。

黑岩泪香在自己创办报纸之前，就在媒体界工作。其文笔老到，足以左右其他报社的发行量。明治二十五年创办《万朝报》之前，他历任《绘入自由新闻》和《都新闻》等报纸主笔。

划时代的泪香风格翻案小说

黑岩泪香的翻译活动对日本侦探小说的草创和发展贡献巨大，他也因此闻名于世。泪香对侦探小说产生兴趣一是因为其叔父曾做过法官，二是因为自己经历过不公正的判决。换而言之，他看到外国小说中描写的侦探活动是基于公正的裁判和理性的思考，因此希望通过介绍这类小说让日本的法官和侦探以此为鉴、自正衣冠。简而言之，就是启蒙。顺便说一下，当时人们称刑警为侦探。

泪香一开始的做法是口述作品的故事情节，让戏作②家据此写成适合报纸连载的读物。但结果却不尽如人意，故事没有可读性。戏作家的叙事风格、老套的因果报应故事编排让原作中的昂扬之气和机智聪敏荡然无存。思维还停留在江户时代的戏作家既

① 日语中"蓄妾"与"畜生"发音相同，均为"ちくしょう"。
② 戏作是日本近世后期的通俗文学，特别指小说一类，如黄表纸、洒落本、滑稽本、读本、合卷、人情本等。

怪异猎奇：世界推理小说全史

不懂遵循因果法则的逻辑思考，也不懂解谜的妙趣。于是泪香只能亲自上阵。

泪香首先以黑岩小史之名出版的译作是《法廷美人》（法廷の美人，《今日新闻》从明治二十一年1月开始连载）。原作是英国作家休·康韦（Hugh Conway）的《黑暗日》（*Dark Days*，1884年）。这部长篇在连载翌年更名为《法庭美人》（法庭の美人），并以单行本发行。泪香在序言中高调地宣布了自己的翻译观。这段文字颇有深意。

译"黑暗日"为"法庭美人"颇为不当，毋宁说僭越。然正文翻译之僭越更甚于标题。余通读一遍辄据胸中所记纵笔而书、随意遣字。自起稿至译毕，不复窥书一眼。置原著于书斋，执译笔于报社编辑室。如此译文叛于原文自不待言，趣味亦异于原著。呼其为翻译极为不当。然若不言翻译，则难免剽窃之讥、模仿之嫌。故强称之为翻译。正文既如此，其标题异于原著则不足怪咎。他人或云不当或讥僭越，且随他评说。余则未以译者自居。

泪香说得甚是洒脱，要是再添上一句结语的话，那便是："我的翻译既非意译、也非节译、更非归译，而是翻案。能奈我何？"泪香坚称原著看完一遍后完全凭记忆下笔，不再翻看第二遍，也是潇洒利落。

然而实情似乎并非如此。据当时的总编回忆，泪香早晨出门上班前会把当天待译的章回再看一遍，仔细区分需要意译、节译、归译或逐字翻译的段落，选择让读者迫不及待想知道下回分晓的内容作为当天连载结尾。

泪香选择翻译对象时也颇费功夫。他曾感叹，读完三千本原著，值得翻译的只有百分之一。相比于借助烧脑的逻辑思考来解开谜团的作品，泪香更倾向于选择洋溢浪漫异国情调、讲述煽情猎奇事件的故事。

泪香敏锐地察觉到了普通大众的口味，他们喜欢戏作和读本①中的传奇故事，尚未适应西欧的理性思考法和科学分析术。因为是面向大众的报章读物，泪香始终铭记文章要简单明了、痛快。总之，连载故事既要通俗易懂，又要紧张刺激。

黑岩泪香的翻案小说中，以流畅文体讲述的世情剧与悬念搭配得恰到好处，很快成为讲谈②材料，同样大受欢迎。良好的反响让泪香坚定了信心，他之后接连推出多部翻案小说。

浪漫和悬念比运用科学推理的正宗解谜更受青睐，这也意味着法国的推理小说比英美的更有市场。因此，泪香将法国作家加博里奥和鲍福③（Fortuné du Boisgobey）的诸多作品改写成日语，

---

① 读本是流行于江户中后期的一种小说类型，根据史实和传说写成，以因果报应、劝善惩恶思想为主旨。

② 讲谈是类似评书的曲艺，是日本大众说唱艺术的一种。

③ 晚晴末年译者周桂笙曾翻译鲍福的《毒蛇圈》（法语：*Margot la balafrée*），此处沿用其人名翻译。

　　　　　　　　　　怪异猎奇：世界推理小说全史

只不过都是从英译本转译而来。

当然，这种做法也是当时很多其他译者的常规操作（凡尔纳作品亦不例外）。本来是不是转译就跟翻案小说的创作没有太大关系，而且读者也并不要求一本娱乐小说是从原著语言翻译而来，只要日译本读起来有意思就不成问题。从某种意义上来说，这一点至今未变。虽然基本是原文的逐字翻译，但一般读者关心的是"能不能用地道易懂的日语翻译出来，让人读得开心"，译文不能是对英文的生硬解释。

当时普通大众对西方世界知之甚少，他们接受的泪香风格翻案小说的代表作有如下作品。首先是《人耶鬼耶》（加博里奥，《勒鲁菊案件》），其他还有《有罪无罪》（加博里奥，《绞索》，法语：*La Corde au cou*）、《海底之重罪》（鲍福，《潜水员》，法语：*Le plongeur*）、《死美人》（鲍福，《勒科克的晚年》，法语：*La Vieillesse de Monsieur Lecoq*）、《铁假面》（鲍福，《圣·马尔先生的两只画眉》，法语：*Les Deux Merles de M. de Saint-ars*）、《白发鬼》（玛丽·科雷利［Marie Corelli］，《复仇》，*Vendetta!*）、《岩窟王》（大仲马，《基督山伯爵》，法语：*Le Comte de Monte-Cristo*）、《啊！无情》（雨果，《悲惨世界》，法语：*Les* Misérables）等作品。当然，除了法国的作品，英国奇情小说的代表作布雷登的《人之运》（《奥德利夫人的秘密》）和被誉为美国首部长篇侦探小说的安娜·凯瑟琳·格林（Anna Katharine Green）的《黑暗》（《利文沃兹案》，*The Leavenworth*

Case）等也没有被遗漏。

值得一提的是，泪香一生留下百余篇翻案作品，题材涉猎广泛，包括家庭小说、秘境冒险小说、科学小说和世情小说等，侦探小说主要是其写作生涯初期六年的成果。

侦探小说非文学论

黑岩泪香的人气如日中天之际，他的翻案小说是否供稿直接影响到报纸发行量的增减。一旦因故休载，大量表达不满的来信就会纷至沓来，编辑部光是处理这些来信就要耗费整整一天的时间。"蝮蛇周六"黑岩泪香创办的《万朝报》能够荣登发行量榜首，既有爆料丑闻之功，更有连载翻案之劳。

报纸连载结束后，泪香的作品都会以单行本发行，同样本本畅销，纯文学作品都被他的翻案小说抢占了市场，完全卖不动。针对出版界的这一状况，《国民之友》（明治二十六年5月3日号）刊登了一篇匿名时评，据说作者就是该评论杂志的创刊人德富苏峰。

舞姬细君（指森鸥外的《舞姬》和坪内逍遥的《细君》）时代如梦而逝，侦探小说时代业已到来。四五年来，文学界仿佛误期的春天，满目寂然，但见乌鸦静立枯枝。万物皆有生发、闭塞之时，今日岂是文学闭塞之期？

今日吾邦文学荒芜，侦探小说、铁道小说作为社会之精神食粮糟糠不如，吾国民皆翘首企盼有生命力之文学令热血为之沸腾、脊骨为之一振。

对此，黑岩泪香在《论侦探谭》（《万朝报》明治二十五年5月11日）中进行了反驳。

国人多从文学趣味角度观察侦探谭，并冠以"侦探小说"之名，更有甚者批评侦探小说扰乱文学界。侦探谭乃侦探谭，而非小说，纵使作者如作小说一般天马行空、绞尽脑汁，其作品仅可称为"故事"（story），难称"小说"（novel）。故小说与侦探谭纯属不同领域，互不相害。须知在美国等地，小说骎骎而前之侧，侦探谭另行其道，既不冲突，亦无相争。

这段后面，泪香继续痛快反驳道，一些评论家从承袭坪内逍遥《小说神髓》的《早稻田文学》上读了些评论，从教科书般的文学史著作中学了些过时的知识，便以为自己够格做文学批评了，要论无知愚蠢，无出其右者。

《论侦探谭》中值得注意的是，泪香将"故事"与"小说"分开考虑，并将侦探小说归类于"故事"。也就是说，他将自己的翻案小说定位为娱乐读物。在其他地方，他曾如此表示：

"我是报社记者而非小说家。翻译侦探谭是为了办报而非文学。自己翻译的东西只是连载读物，不是文学而是报道。"

泪香当数提出侦探小说非文学论的第一人。在昭和一年至十一年（1926—1936年），甲贺三郎与木木高太郎也曾以"侦探小说艺术论争"为题有过争鸣。

黑岩泪香除了部部走红的翻案小说，还尝试过创作。《凄惨》（明治二十二年，1889年）就是其原创作品。这部短篇小说取材自发生在东京筑地的真实事件。明治十年至十一年（1877—1878年）《杨牙儿奇谈》（神田孝平译）在杂志连载之后，西欧的真实罪案故事受到读者欢迎。创作《凄惨》或许是为了追随潮流，或许是为了模仿爱伦·坡的《玛丽·罗热疑案》，抑或是为自己提出的"（侦探小说）不是文学而是报道"这一主张而创作的范本。

《凄惨》的内容梗概如下。故事开头一具死状极惨的男尸被人发现，尸体背部布满刀伤殴痕、头顶凹陷、头盖骨穿孔、脑浆四溢。由于没有任何随身物品，死者身份难以确定。为了查明死者身份、找出凶手，两名新老刑警（侦探）展开搜查，试图抢得头功。年长的刑警谷间田凭借过去当捕快的经验，迈开双腿到处打听；年轻的刑警大鞘则主要依靠西欧传来的科学逻辑分析法。两人分别借助对比鲜明的方法分析推导出凶手、被害人和杀人动机。

年轻的刑警通过西欧式的科学调查和敏锐的逻辑思考，从三根毛发推断出犯人的来头、姓名和住址。其中细致的分析推理正是该作的精彩之处。这篇小说篇幅不长，却无愧于"日本原创国产侦探小说第一号"的称呼。顺便提一下，《凄惨》诞生一年前，

黑岩泪香《凄惨》中的新老侦探（刑警）谷间田和大鞆

须藤南翠的《杀人犯》出版发行。但这部作品受到泪香根据加博里奥和鲍福作品写作的翻案小说的影响，不是真正意义上的“推理故事”，而是接近奇情小说的犯罪情节剧。

过于超前的泪香短篇推理力作

下面引用《凄惨》中的一段原文，或许读完便可知其精彩所在。

刑事巡查，俗称侦探，是世上最令人嫌忌又最神圣光荣的行当。令人嫌忌是因为他们心怀鬼胎、包藏祸心，却摆出一副和善热情的面孔跟人套近乎，一旦打探出对方的秘密便立马告官。面如菩萨、心如夜叉，说的就是借此谋生的侦探，而非女流。抢劫偷盗、杀人越狱的恶人越多，这一行当也就越风生水起。为了搜查坏人，不惜怀疑好人，装作无视却在偷看，装作不闻却在偷听。逢人就要怀疑其为作奸犯科之辈——他们把这可怕的告诫奉为职业准则。而且绝不止于怀疑，甚至祈祷对方是盗贼、是罪人。倘若此人是反贼，为我抓捕则功劳在我；倘若此人是罪人，为我告发则有酒钱入账。他们打着灯笼四处探查，逢人辄咒其为恶人，所以说这个行当令人畏惧嫌恶。说其神圣光荣，是因为侦探不惧惹人憎恶，只求看穿恶人，用尽手段谋得世人平安，可谓杀身成仁、伟岸至极。

现如今说到侦探，人们都会想到福尔摩斯、明智小五郎和金田一耕助，年青一代还会想到名侦探柯南。他们无一例外，都是头脑敏捷、胸怀正义的英雄。但在明治时代，侦探的形象却完全是负面的，他们是卑鄙的间谍、政府的探子、反咬饲主的恶犬。葛德文《凯莱布·威廉斯传奇》中的主人公扮演了调查主人罪行的侦探角色，也有这层含义在里面。

夏目漱石在《我是猫》（明治三十八年，1905年）中也写道："要论卑贱的行当，我想没有比侦探和放高利贷更低等的了。"漱石在英国留学期间，曾被怀疑患有精神疾病，一度认为自己被日本政府的密探严密监视生活起居。

侦探（刑警）的负面形象的产生与自由民权运动不无关系。明治十六年（1883年）在新潟县高田地区（今上越地区）发生了高田事件。当时日本政府以颠覆政权嫌疑大肆逮捕自由党人及其支持者，高田事件就是其中的一次镇压活动。这起事件最终证明是有罪推定式调查导致的冤案，而祸起源头就是一名打入自由党内部的警察向当局的告发。

当时的日本可谓是冤狱横行。法律部门不重视科学搜查和物证，而是通过重大嫌疑（有罪推定）、间接证据、目击证言以及刑讯逼供办案。年长的谷间田用的就是日本老旧的办案方法，大鞆采用的则是符合逻辑的新科学搜查法。

《凄惨》还充满了对当时不平等条约的批判精神，尤其是治外法权问题。当时筑地是外国人居留地，小说中的凶手就是一个中国人。明治十九年（1886年），和歌山县附近海域发生了轰动日本的诺曼顿号事件（The Normanton Incident）①，引发了关于治外法权的争论。作为一名记者，黑岩泪香极力主张废除治外法权。

这一政治背景暂不展开介绍（将犯人设定为中国人还牵涉到当时的种族歧视问题，这里也不作讨论），作者在精心编织"推论之妙"的同时，启蒙了科学的、逻辑性的思考方法。这部小说虽然短小精悍，却由上、中、下三个部分构成，分别是讲述案件

---

① 1886年，一艘名为"诺曼顿号"的英国货船在日本和歌山县沿海沉没。事故中包括英国籍船长在内的英国、德国籍船员获救，中国、印度籍船员以及25名日本乘客全部遇难。日本民众群情激愤，要求惩处船长。由于英国在日本享有治外法权，船长在英国驻神户领事馆内受审，结果被判无罪。虽然后来英国驻横滨领事馆判处监禁三个月，但仍然无法平息众怒。由此日本各界强烈要求修改不平等条约，废除治外法权。

概要的"疑团"、介绍两个刑警（侦探）推理过程的"忖度"和揭示犯人来历、案发背景、犯罪动机的"冰解"。

这种三部结构与泪香划分的侦探小说的三个类别——"疑狱谭"、"侦探谭"和"感动小说"正相对应。所谓"疑狱谭"就是以法官为主人公的审判小说，主要讲述事件的来龙去脉；"侦探谭"是以侦探为主人公的推理故事；"感动小说"即是奇情小说，以被害者和嫌疑人之间的故事为主。《凄惨》在短短的故事中浓缩了侦探小说的三个类别，展示了西欧科学的、注重实证的犯罪搜查法和基于因果分析的逻辑思考，可以说是泪香的一篇力作。

遗憾的是，在很多读者眼中，《凄惨》就像一篇枯燥无味的新闻报道。因为它与泪香此前翻案的法国煽情犯罪情节剧作品大相径庭，主要讲述的并非事件背后的爱恨情仇和人际纠葛，而是对谜案疑云进行推理分析的过程。彼时的日本，演绎和归纳尚未为人所知，一般读者还不懂得欣赏遵循因果法则、利用逻辑分析来解谜的精妙之处。可以说，《凄惨》的诞生过于超前了。

第 8 章

福尔摩斯与
亚森·罗平及捕物帖

　　明治二十一年（1888年）黑岩泪香凭借翻案小说《法庭美人》出道后，以破竹之势在文坛大展拳脚，带来日本的第一次侦探小说热潮。这股热潮在明治二十年一直持续了整整十年。

　　侦探小说受到读者的格外青睐，甚至被人指责糟蹋了文学"大花园"。当然这不是黑岩泪香一人之功，但在明治二十年前半期，泪香完全可以说是一枝独秀。

后来翻案小说家纷纷登场，意欲成为第二、第三个泪香，丸亭素人就是其中之一。他沿袭泪香的路子，迎合日本读者的口味改写加博里奥作品。他还接棒黑岩泪香在《绘入自由新闻》上连载的《美人狱》（原著为鲍福的《梅布立克事件》），完成了后半部分。后来《美人狱》以单行本发行，丸亭素人作为合译（合著），与泪香的大名一起出现在封面上。

丸亭素人作品中值得关注的要数明治二十四年（1891年）根据弗格斯·休姆的《双轮马车的秘密》创作的翻案小说《鬼车》。关于《双轮马车的秘密》本书第5章有过介绍，这部小说借鉴加博里奥诸作之长，出版后大为畅销，使得福尔摩斯系列首部作品《血字的研究》为之失色。

然而，堪称泪香之后的并非丸亭素人，而是南阳外史。作为翻案作家，外史深得泪香赏识和关照。泪香把自己的外文原版书籍借给外史，还向报社推荐外史接手自己的工作。

外史在外国小说上的口味偏好与泪香相似，早期也是对加博里奥和鲍福的作品进行翻案。明治二十四年，他把加博里奥的代表作《勒考克侦探》以《大侦探》之名引进日本。

南洋外史最重要的功绩还是对福尔摩斯系列的介绍，尽管他并非日本福尔摩斯译介第一人。明治三十二年（1899年）4月16日～7月10日，无名氏翻译的《血染的墙壁》（原作《血字的研究》）在报纸上连载，比外史早了几个月。连载结束两天之后，外史在另外一份报纸上开始连载《不可思议的侦探》（原作《福尔摩斯历险记》)。当时在报纸上连载短篇小说集是极为罕见的。

通过这次连载，也就是通过让福尔摩斯连续登场，日本人对侦探小说的兴趣逐渐从法国作品转向了英美作品。

有意思的是，到了明治时代后半期，日本人似乎还未适应西欧的理性主义和逻辑思考，外史的福尔摩斯系列译介作品中仍有各种各样翻案式写作、迎合日本读者口味的改写（越改越糟?）。

比如，因为华生是医学博士，作者就把他改为德国人，福尔摩斯也跟着换了国籍，当然故事舞台也要换成柏林。因为对于当时的日本人来说，说到医学，只有德国才是最正宗的。另外叙述者华生改成了第一人称"我"，福尔摩斯改成了"大侦探"，其他角色都换上了日本人名。此外，从翻案小说的标题起法也能看出人们并未领悟解谜推理小说的精髓所在。如"花斑带奇案"（The Adventure of the Speckled Band）被改为"毒蛇的秘密"，直接揭晓了谜底。

尽管如此，相比于其他人，南阳外史的福尔摩斯译介系列仍称得上是良心之作。除了刚才提到的《血染的墙壁》，《血字的研究》后来还被其他人翻案过。标题五花八门，有《新阴阳博士》《摩门奇谭》《神通力》等，其中《神通力》出自著名作家小栗风叶之手。这些作品有的大胆节译，比如当时日本人不了解摩尔教，相关内容干脆一删了之；还有的大胆改写，比如将后半部分前置，以便于读者轻松读懂。

《福尔摩斯的古典事件帖》中收录了众多明治、大正时代的福尔摩斯系列翻案、翻译作品，史料价值自不待言，读来也着实有趣。比如名篇《红发会》（*The Red-Headed League*）的标题成了"秃头会"（秃头组合），令人捧腹。如此改动也是因为当时日本人不知"红发"为何物。日译名著的标题中出现"红发"基本都是在进入昭和时代之后，如本格推理小说的经典作品伊登·菲尔波茨（Eden Phillpotts）的《红发的雷德梅因家族》（赤毛のレドメイン家，*The Red Redmaynes*）和露西·莫德·蒙格玛利（Lucy Maud Montgomery）的《红发安妮》①（赤毛のアン，*Anne of Green Gables*）以及儒勒·列纳尔（Jules Renard）的《红发的胡萝卜》②（赤毛のにんじん，*Carrot Top*）。

南洋外史的福尔摩斯系列翻案作品出现之前，以黑岩泪香取材自加博里奥和鲍福作品的翻案小说为代表的法国世情小说以及英国奇情小说等浪漫主义作品占据上风，但外史的《不可思议的侦探》让日本读者迈出了转向以理性推理为乐趣的推理小说的第一步。《福尔摩斯历险记》在发源地英国出版七年后，福尔摩斯系列被正式地介绍到了日本。

福尔摩斯的对手们

说到当时福尔摩斯在英国的对手，非约翰·桑代克博士莫

---

① 我国一般翻译为《绿山墙的安妮》。
② 我国一般翻译为《胡萝卜须》。

属。这位名侦探的创造者是奥斯汀·弗里曼。除了推理小说迷，如今这位作家已经鲜有人知。他比柯南·道尔年少三岁，而且也是个医生。

桑代克博士在长篇小说《红拇指印》中登场。他年仅31岁，绅士派头十足，除了拥有医学和病理学博士学位，还持有律师资格证。他总是随身携带着一只塞满实验器具的绿色手提包。家里还有一个实验室，各种最新科技的器具一应俱全。是的，科学调查是桑代克博士的特色。

"问人不如问物"，他通过展示物证——客观的物理事实来破解谜题、指出犯人。这与福尔摩斯通过观相学、颅相学和犯罪人类学等伪科学的数据库来锁定嫌犯特征截然不同，当然也跟日本上个时代老旧的搜查法——有无重大嫌疑、多半不准确的目击证言、刑讯逼供——大相径庭。桑代克博士的破案方法是彻底的科学实证主义和逻辑分析。

桑代克博士于明治四十二年（1909年）首次来到日本。他第一次亮相是在《科学的侦探奇谭》中。这篇是短篇小说集《桑代克博士探案集》（*John Thorndyke's Cases*，1909年）中《蓝色小亮片》（*The Blue Sequin*）的翻案作品。之所以改动标题，是因为明治时代的日本人还不知道什么是小亮片。翻案作品与原著诞生于同一年，译者名字"闪电子"似乎宣示了自己的翻译速度。当然这是一个笔名，真名是三津木春影。

春影先是以闪电子之名在杂志《冒险世界》上发表桑代克

博士系列的翻案作品，后又在此基础上根据日本读者口味大幅改写，并于明治四十四年（1911年）以真名发行单行本，书名为《吴田博士》。单行本问世后好评如潮，该系列一共出版了6册。当时科学万能主义在日本已经得到广泛传播，桑代克博士因此得以收获众多读者，风头甚至压过了福尔摩斯。据说后来出现的推理小说作家，如江户川乱步、横沟正史、甲贺三郎、山本周五郎等人皆受其影响匪浅。现在，我们可以从春影的《侦探奇谭 吴田侦探（完全版）》中同时读到桑代克博士和福尔摩斯系列的翻案作品。

除了桑代克博士系列，春影还翻案过莫里斯·勒布朗（Maurice Leblanc）的亚森·罗平①系列，两部翻案作品题为《大宝窟王》（原作《奇岩城》，法语：*L'Aiguille creuse*，1909年）和《古城的秘密》（原作《813》，1910年），均为长篇，发行于大正元年至大正二年（1912—1913年）。

遗憾的是，春影最早将桑代克博士介绍到日本，却未能成为译介亚森·罗平的第一人。在他之前已经有人捷足先登。日本最早以"Sunday"（サンデー）命名的杂志*Sunday*在明治四十二年1月3日号上刊登短篇小说《小偷的小偷》（原作是收于《侠盗》的《黑珍珠》，法语：*La Perle noire*），明治四十三年10月开始连载长篇小说《预告大盗》（原作为《罗平的冒险》，法语：*Les*

---

① 又译"亚森·罗宾"。

Aventures d'Arsène Lupin）。两者均为翻案作品，分别出自森下流佛楼和马岳隐士之手。

以三津木春影的罗平翻案为契机，进入大正时代后又出现了若干罗平系列的翻案作品。在风格各异的翻案作品中，最为突出的莫过于保篠龙绪。他的叙述采用讲谈调，节奏明快，不拖泥带水，从而赢得众多拥趸。可以说，日本人心目中的侠盗亚森·罗平形象是由保篠龙绪的译作塑造的。毕竟在昭和三十四年（1959年）之前，保篠龙绪几乎垄断了罗平系列的翻译。

然而，东京创元社从昭和三十四年到翌年发行了《亚森·罗平全集》（全12卷），使得日本的罗平系列风格逐渐发生转变。全集几乎全部由石川涌和井上勇两人负责翻译，而且是忠实于原文的全译本。

罗平之所以在日本大受欢迎，得益于保篠龙绪翻案作品的"白波调"①叙述风格及与之相匹配的紧凑的故事情节，当然还离不开作品本身新颖的人物设定。因此，虽然作品设计了很多犯罪手法，但往往被归类为动作冒险类故事，而非真正意义上的推理小说。反过来说，正是作品中"动"的部分使其受到众多日本人的喜爱。

作者莫里斯·勒布朗当初立志成为作家，是受福楼拜

---

① 东汉末年，黄巾军余部郭泰在白波谷起军，史称"白波贼"。后白波成为盗贼的代名词。传至日本后，以同音词"白浪"记之，将以盗贼为故事主人公的文艺作品称为"白浪物"，白波调即指此类作品的叙事风格。

（Flaubert）和莫泊桑（Maupassant）等19世纪法国自然主义作家所影响。因此他曾一度创作过风俗小说、世情小说和色彩浓郁的心理恋爱小说。毋庸赘言，这也是日本人所喜爱的风格。尤其是罗平系列中的长篇作品具有浓厚的情节剧元素。虽然当时日本读者已经接受了福尔摩斯和桑代克博士这类以智力取胜的名侦探，但神出鬼没、变幻自如、身手敏捷、行侠仗义（虽然身份是罪犯）的怪盗还是轻易俘获了日本读者的心。毕竟在日本民族文化中，鼠小僧次郎吉和石川五右卫门等江洋大盗也同样被视为英雄和侠盗。

这里有必要及时说明一下，罗平系列中的短篇作品被称为各种作案手法的宝库，所以不仅是动作冒险类作品，也完全可以作为推理小说来欣赏。

最吸睛的还是"侠盗"这个角色定位。罗平基本上不会杀人，实施犯罪前都会提前告知，从而跟对方斗智斗勇。即使是在与敌人对峙时，也始终恪守礼节。他衣着时髦、精气十足，一次次大胆地将不可能变为可能，一次次潇洒地从对手的罗网中逃脱。这一新奇的人物角色以及足以称为犯罪新风尚的故事内容令其大受欢迎。

反派主角罗平的谱系

如果要探究反派主角亚森·罗平的族谱，最终会追溯到历史上真实存在的罪犯佛朗科斯·尤根·维多克。维多克初为职业盗贼，后来金盆洗手成为警察密探、私人侦探。他讲述上述经历的自传《维多克回忆录》（法语：*Mémoires de Vidocq*，1828年）被称为法国侦探小说的源泉。

这本书对爱伦·坡和加博里奥的影响自不待言，巴尔扎克多部作品中出现的小偷伏脱冷和雨果《悲惨世界》中的冉·阿让等角色也是以维多克为原型的。法国还以维多克为原型，制作了全球首部高清录像带全数码电影《夺面解码》。银幕上的维多克成为一位神秘侦探，电影作为所谓的"黑暗奇幻"（Dark Fantasy）值得一看。

洗脱罪犯身份后，维多克曾就任国家警察巴黎地区犯罪搜查局首任局长，后来成为世界上第一位私人侦探。作家蓬松·迪泰拉伊（Ponson du Terrail）以其为原型，塑造了一个开朗阳光的豪侠——怪盗罗康波。罗平则同时拥有真实原型维多克和虚构角色罗康波两人的基因。

借着罗平的人气，新的超人罪犯也陆续粉墨登场。不同的是，侠盗罗平生活在巴黎一派繁荣、歌舞升平的"美好时代"（法语：*La Belle Époque*），身上有着鲜明的时代烙印；后者则出现于恐怖活动频发和第一次世界大战跫音渐近的年代，他们冷酷无情、穷凶极恶，在巴黎为非作歹、杀人如麻。

最具代表性的是吉格玛和方托马斯。两人分别是莱昂·萨基（Léon Sazie）的《吉格玛》（*Zigomar*，1910年）和皮埃尔·梭维斯特（Pierre Souvestre）、马塞尔·阿兰（Marcel Allain）的《方托马斯》（*Fantomas*，1911年）中登场的反派主角，后来均被拍

《吉格玛》

《方托马斯》

成电影并成为热门之作，与罗平一道留名法国大众文化史。

电影《吉格玛》和《方托马斯》分别于明治四十四年（1911年）和大正四年（1915年）在日本上映，并双双创下令人惊叹的票房纪录。尤其是前者掀起一股狂热的吉格玛旋风，发展为一种社会现象，以至于被警察要求停止放映。人们把吉格玛称为"犯罪界的拿破仑""恐怖之王"，从真身不明的易容变装高手及其犯罪活动中寻找恶的美学。众多侦探小说作家也深受影响，电影公司甚至翻拍了这部作品。江户川乱步笔下的怪盗二十面相除了明显受罗平影响，还可以看到吉格玛的影子。

这里岔开一笔，谈谈笔者的个人经历。虽然日本活动写真株式会社①拍摄的《吉格玛》和《方托马斯》在大正时代风靡一时、万人空巷，但我至今尚未看过。不过读初中时我曾经看过20世纪60年代法国拍摄的《方托马斯》电影系列。电影风格与原作完全不同，闹剧式（Slapstick）的故事铺陈令人入迷。当时美国还有一部热门电影《粉红豹》（"Pink Panther"系列）。这部滑稽喜剧中，蠢笨可笑的警察面对的同样是"怪盗方托马斯"，以至于笔者很长时间一直误以为两者属于同一系列。

闲话休絮。小说版《吉格玛》和《方托马斯》的翻案作品分别于明治四十五年（1912年）和大正十年（1921年）发行。后来，久生十兰也翻译了这两部作品，译作行文流畅，昭和十二年（1937年）以《新青年》杂志附录的形式发表。今天这些翻案名作还可以在中公文库（《吉格玛》）和神户图书南柯丛书（《方托马斯1-2》）中找到。

关于吉格玛和方托马斯的接受度及其产生的影响，建议阅读永岭重敏的《怪盗吉格玛和活动写真的时代》和赤冢敬子的《方托马斯 恶党的想象力》。尤其是后者，揭示了方托马斯与超现实主义之间的关系，饶有趣味。

---

① 日本活动写真株式会社是日活株式会社的前身，创立于1912年，现为日本五大电影公司之一。

日本的福尔摩斯喜欢怪奇幻想

可以比肩罗平、吉格玛和方托马斯的日本头号超人怪盗犯罪王非江户川乱步笔下的怪盗二十面相莫属，那么"日本的福尔摩斯"应该花落谁家呢？

冈本绮堂所著《半七捕物帐》的主人公"冈引"半七最有资格。该作于大正十三年（1924年）付梓刊行，杂志连载始于大正六年。

首先什么是"冈引"？"冈引"在江户地区称"御用闻"，关东地区称"目明"，关西地区称"手先"。有时也称"十手持"，"十手持"是一种抓捕犯人的武器，基本由武士身份的"与力"（警察署长）和"同心"（警察）携带，只有在出动抓捕时，才会借给"冈引"（临时雇用的警官）。

"冈引"中的"冈"来自意为旁观者清、当局者迷的"冈目八目"。"冈引"并非广义上的差役（即警察），而是参与拘引（抓捕）的随从（即普通人）。因此这个称呼其实是一种蔑称，另外"冈引"（如钱形平次）下面还有"下引"（如八五郎[①]）。

八五郎每次都是一边大喊"老大，不得了了，出事了！"，一边连滚带爬地冲进屋子。之所以称钱形平次为"老大"，是因为大部分"冈引"都是当地黑道有头有脸的人物。上文也提过，

---

① 　八五郎与钱形平次同为野村胡堂所著《钱形平次捕物控》中的人物。

当过巴黎警察搜查局局长，还是世界上第一位私人侦探的维多克原本就是作奸犯科之辈。俗话说"蛇知蛇路"，"冈引"工作中最关键的就是打探消息。"冈引"也就等同于密探、官府走狗、"手先"、侦探。顺便说一下，上文提到的"御用闻"意为奉令调查，"目明"是"目证"的日语同音词，意为让告密者指证。"手先"是指以无罪释放为条件，让罪行较轻的犯人充当走狗，告发同伙或卧底调查。

冈本绮堂明显有意把半七塑造成"日本的福尔摩斯"。他在第一篇《女鬼阿文》中直接写道："他是隐于江户时代的夏洛克·福尔摩斯。"

《半七捕物帐》最早在杂志上连载时以《江户侦探名话》为该系列的标题，因为当时"捕物帐"一词尚未普及。随着《半七捕物帐》成为畅销书，"捕物帐"也广为人知，并诞生了历史小说的一个分支——"捕物帐小说"。关于什么是"捕物帐"，冈本绮堂在该书第二篇"石灯笼"开头，借主人公半七之口解释道：

与力和同心在听取冈引报告后，上报至町奉行所。奉行所公房里有本记流水账的册子，书吏在上面暂记下报告。这本流水账便是捕物帐。

捕物帐也就是案件卷宗的草稿，或者类似充当英国的《纽盖特日历》底稿的备忘录。

刚才说过，《半七捕物帐》是冈本绮堂受柯南·道尔的推理小说启发而创作的，特色在于融历史小说和侦探小说为一体。虽然当时日本已经有了接受福尔摩斯和桑代克博士的土壤，但不少读者还是对《半七捕物帐》中江户的庶民文化以及风情、风物、风俗备感亲切。作者冈本绮堂如此写道：

如果说有些什么特色的话，那就是在一般侦探小说的乐趣之外，还能领略作为故事背景的江户时代的只光片影。因此我在介绍半七老人的故事时，只选择能够体现江户时代风情的特殊事件。

在讴歌欧化主义的鹿鸣馆时代，国粹主义抬头并向欧化政策高举反旗。戏作作品的再版盛行一时，砚友社作家积极创作人情本①和读本风格的作品。在舶来品自然主义盛行的明治末期到大正前半期，森鸥外、永井荷风和谷崎润一郎等人创作的作品回归日本文化特有的雅致和侘寂传统，富于幽玄之美。大正十二年（1923年），日本发生关东大地震，江户时代遗存下来的民居毁坏殆尽，随后欧美风格的建筑大量涌现。仿佛逆欧化潮流而行的《半七捕物帐》因此受到了大众喜爱。

由于《半七捕物帐》的走红，日本迎来了捕物帐小说的热潮。"冈引""同心"角色如雨后春笋大量涌现。比如野村胡堂的

---

① 人情本是江户后期至明治初期流行的一种言情小说。

钱形平次、横沟正史的人形左七、城昌幸的少爷武士、佐佐木味津三的寡言右门等。现在的年轻人可能对这些角色比较陌生，但一些上了年纪的日本人应该耳熟能详。

不过这些众多作品与其说是"江户的福尔摩斯故事"，倒不如说是"江户的时代剪影"。要论侦探小说色彩浓厚的历史小说，有人认为昭和十五年（1940年）发行的久生十兰所著的《颚十郎捕物帐》继承了半七的衣钵。

冈本绮堂汉文、英文俱佳，曾大量阅读原版海外作品，尤其喜好怪奇幻想类型。其编译出版的《世界怪谭名作集》（1929年）也是一本优秀的选集。所以也就不难理解，《半七捕物帐》中有很多充满怪奇幻想的推理故事。

从第一篇《女鬼阿文》开始，包括后面的《牵牛花鬼宅》《猫妖婆婆》《津国屋》等在内，如果没有半七在最后加以合理解释，简直就是鬼怪故事集。前面也介绍过，先讲鬼怪奇谭，后加合理解释的模式最早是由哥特浪漫小说畅销书作家拉德克利夫创造的。

第 **9** 章

日本科幻小说鼻祖
押川春浪与武侠冒险小说

先梳理一下本章之前介绍过的翻译小说的情况。

虽然日本打开了国门、发生了明治维新，但民众的生活和思想意识并未随之迅速改变，阅读风向亦是如此。当时依然因身份阶级不同，人们在读书口味方面差异巨大。

比如士族和知识分子喜读汉诗、汉文学和四书五经，庶民阶层则爱读戏作。当然，这里的庶民仅限于有钱有闲、识文断字的富裕阶层。

因为本书介绍的对象以大众小说为主，而非纯文学，所以关于戏作和读本，笔者也啰唆几句，说明一下。

所谓戏作是指滑稽本、洒落本、人情本和草双纸等。如山东京传以花街柳巷为故事舞台、描写男女风流言行的洒落本，十返舍一九的滑稽讽刺故事，为永春水的"人情"（爱情）故事等。相较于草双纸以插图为主，读本则是以文章为主的传奇故事，泷泽马琴和上田秋成作为读本作家尤为知名。戏作出现之前，人们还爱读浮世草子，井原西鹤的浮世草子作品最为有名。

明治初期，假名垣鲁文继承江户时代戏作和读本的衣钵，创作出大受好评的《万国航海 西洋道中膝栗毛》（明治三年至九年，1870—1876年）。从标题也可看出，该作是对十返舍一九名作《东海道中膝栗毛》的戏仿。作品描写了弥次郎兵卫之孙弥次郎兵卫①与喜多八之孙北八前往伦敦世博会的旅途见闻，讽刺了当时文明开化运动下的社会百态，同时也起到了启蒙西方社会文化的作用。书中介绍的关于西方的知识都来自福泽谕吉的《西洋旅行指南》（庆应三年，1867年）、《西洋衣食住》（庆应三年）和《西洋概况》（庆应二年至明治三年，1866—1870年）。

---

① 爷孙同名。

高桥阿传的性器标本传说？！

明治十年（1877年）前后，新闻媒体蓬勃发展，报纸、杂志开始登载"续物"小说。第7章已经提到当时报纸分大报和小报，前者以政经评论为主，后者以社会百态、犯罪事件和娱乐新闻为卖点。为了激发一般大众的阅读欲望（购买欲望），各家小报常会邀请继承戏作衣钵的作家写作奇闻趣事和原创读物。

"续物"就是现在报纸连载小说的原型，其中最吸引眼球的莫过于"毒妇物"和"复仇物"。

"毒妇物"一般取材自当时轰动社会的恶女犯罪事件，其中最具代表性的是假名垣鲁文的《高桥阿传夜刃谭》（明治十二年，1879年）。故事的主人公阿传多情淫荡、蛇蝎心肠、恶名远扬。报纸连载结束后该作以单行本发行，销售火爆一时。

"毒妇"相当于19世纪末在欧美流行的文艺题材"红颜祸水"（Femme Fatale），如王尔德著《莎乐美》（*Salomé*）和普罗斯佩·梅里美（Prosper Mérimée）著《嘉尔曼》（*Carmen*）中的女主人公。她们用美色俘虏男性，然后夺走对方的资产、才华甚至性命。她们是"魔

毒妇高桥阿传

女",也可以说是"女吸血鬼"。

关于高桥阿传,诸多史实和传说饶有趣味。她也因此被歌舞伎、戏剧、浪花调[1]、电影、漫画和评传等多种形式的文艺作品反复讲述、传唱或重新书写。颇有意思的是,据说阿传问斩后尸体被解剖,性器官被制成标本保存。其中又有何缘故?

或许有人想用前面介绍过的龙勃罗梭的"天生犯罪人理论"来解释,但阿传被处刑和解剖是在明治十二年(1879年)。虽然《天才和堕落》(意大利语:*Genio e follia*,1864年)和《犯罪人论》(意大利语:*L'Uomo delinquente*,1876年)在意大利早已问世,但这两部著作被介绍到日本并产生影响是在大正三年(1914年)之后。女人多情淫荡、甘做娼妇与其性器官有关的观点其实在日本早已有之,是一种根深蒂固的迷信,与西方的"退化论(变质论)"并没有什么关系。保存阿传的性器官标本当然也受明治时代风靡一时的"造化机论"[2]系列性科学著作的影响。一种说法称当时"造化机论"相关书籍有一百余种。此类著作可以说是生殖器版的《解体新书》,且以女性性器为主。

据说阿传的性器官被解剖下来后保存在卫生试验场,后来先后转移至东京大学医学部、东京陆军医院(现为国立国际医疗研究中心),最终在战火中遗失。还有一说是有人将之盗出,并作

---

① 浪花调是日本的一种大众曲艺,以日本传统乐器三味线伴奏,演员以通俗易懂的曲调说唱故事。
② 造化机指生殖器。

为稀罕物件公开展览（据说是在浅草的某个百货商场）。昭和初期是色情怪诞无稽的时代，也是江户川乱步大受欢迎的时代。高桥阿传也因此被添油加醋、穿凿附会出种种传说。

除了高桥阿传，"鸟追阿松""夜岚阿绢"等"毒妇"的经历也被编成故事，风靡一时。为什么女性罪犯的故事会受到特别欢迎？

塞缪尔·斯迈尔斯（Samuel Smiles）著、中村正直翻译的《西国立志编（自助论）》（明治三年至四年，1870—1871年，原著 *Self-Help* 出版于1859年）和福泽谕吉的《劝学》（明治五年，1872年）被当时的学生（书生）奉为圣经。没落士族的子弟为了"复兴家业"立志"将来要么当博士要么当大臣"，希望通过学问安身立命，实现阶层跃升。与此相比，在当时男尊女卑的父权制社会，女性要往上爬只有成为"毒妇"（红颜祸水）或是做妾。所以毒妇现象也反映了当时的社会世态。可以说，"毒妇物"就是女性版"出人头地"的故事。

报纸连载"续物"中另一个受到追捧的是"复仇物"。意思不言自明，就是对复仇相关的真实事件进行加工润色、夸大其事而成的故事。"复仇物"基本取材自所谓的日本三大复仇故事，即曾我兄弟复仇、伊贺上野复仇（因善使双剑、连斩三十六人的荒木又右卫门而知名）和赤穗复仇。赤穗四十七义士之一堀部安兵卫作为"助太刀"①加入高田马场决斗的故事也很受欢迎。此

---

①　"助太刀"指决斗等场合的帮手。

外，宇田川文海的《春霞筑波曙》（明治十四年，1881年）赢得众多读者的喜爱，甚至出现了多部类似作品。该作讲述了尊王攘夷志士住谷寅之介被暗杀后，其遗孤报仇雪恨的故事（有人认为这是日本最后一个公认的复仇）。这些作品中宣扬的因果报应、劝善惩恶的儒家道德观受到读者的肯定。

简而言之，明治二十年之前的读物继承了戏作和读本的传统。但明治二十年日本进入了欧化主义全盛时期，人们也热切期望着符合这一时代的新文学的诞生。

从"毒妇物"、"复仇物"到"人情物"

于是，日本第一部成熟的文学理论著作——坪内逍遥的《小说神髓》（明治十八年至十九年，1885—1886年）应运而生。但反映当时西欧思想的近代小说的诞生受翻译小说的影响甚大。

明治时代传入日本的西欧思想多种多样，有英国约翰·斯图尔特·米尔（John Stuart Mill）和杰里米·边沁的自由主义和功利主义思想、法国卢梭和孟德斯鸠（Montesquieu）的启蒙主义思想、美国的清教主义、德国叔本华（Schopenhauer）和尼采的虚无主义哲学以及俄国列夫·托尔斯泰（Leo Tolstoy）的人道主义精神。

但是，一般大众想要了解的是西欧人的世态风俗、人情、道德、爱情观、人生观以及先进的技术等。乘势介绍的著作中有很多向庶民阶层介绍西欧文化的启蒙作品。这是明治维新开始以来到明治十一年（1878年）之间的状况。

翻译小说作为纯粹意义上的文学作品出现于明治十一年。第一部作品是布尔沃·利顿著、丹羽纯一郎翻译的《花柳春话》（原作《欧内斯特·迈特瓦》，*Ernest Maltravers*，1837年）。布尔沃·利顿是一位奇情小说畅销作家，还创作过怪奇幻想神秘小说。更早之前，他还以普通小说和历史小说赢得众多读者的喜爱，其中最有名的是以古罗马为背景的历史小说《庞贝的末日》（*The Last Days of Pompeii*，1834年），这部作品还被拍成过电影。

除了刚才提到的"毒妇物""复仇物"，"人情物"的人气也一直经久不衰。其内容几乎都是痴情故事、情人蜜语，也就是男女的爱恋故事。《花柳春话》就属于此类。但跟其他翻案作品一样，《花柳春话》也根据日本读者口味作了改写，略过了原作的重点。原作讲述了对卢梭提出的自我"内在自然"的确认，而丹羽的翻案作品主要描写主人公书生对女性的爱恋和抑制爱恋的理智之间的纠葛，可以说是一部讲述通过恋爱来获得成长的成长小说（Bildungsroman）。

作为有助于日本人理解西方社会风俗人情的翻案小说，《花柳春话》受到包括年轻学生在内的庶民的喜爱。年轻人憧憬着男女间的爱情，并以此为原动力追求出人头地。恋爱、立志以及自我的觉醒这一近代文学的主题在二叶亭四迷的《浮云》（明治二十年至二十三年，1887—1890年）和森鸥外的《舞姬》（明治二十三年，1890年）中得以继承，而其源头正是明治十一年问世的《花柳春话》。

西洋版"人情物"《花柳春话》以其清新的描写和崭新的内容极大地激发和影响了当时的小说界，并得到当时翻译文学第一人森田思轩的高度评价："丹羽氏所译《花柳春话》令吾国小说趣味为之一变，可谓嚆矢之作。"不过比《花柳春话》更能反映西欧小说之精彩和先进文化之实情并受到大众喜爱的，还是前文提过的凡尔纳作品的翻案系列。

其实很多政治小说接近科幻小说

当时，政治小说尤其受知识分子和满怀理想的青年所喜爱。凡尔纳的作品对政治小说的影响很大。由于如今政治小说已被彻底淡忘，这里先简单说明一下。

明治十三年（1880年）国会期成同盟①成立，随后的两年自由民权运动如火如荼地展开。政治小说就出现在这一背景下。此类小说其实是一种政治宣传小说，发挥了启蒙政治、宣传政党、宣扬个人政治理念、描绘理想国家等作用。

托马斯·莫尔（Thomas More）著、井上勤翻译的《良政府谈》（原作《乌托邦》，*Utopia*，1516年）和卢梭著、中江兆民翻译的《民约译解》（原作《社会契约论》，法语：*Du Contrat Social*，1762年）也是在这一时期诞生的。大仲马和雨果的历史

---

① 国会期成同盟这一组织的主要目的是向政府请愿，要求开设国会。

小说也曾被当作政治小说而被翻案。关于雨果以及日本政治小说的起步，有段逸闻颇为有趣。

自由党总理板垣退助在法国考察时曾拜会雨果，雨果建议说："让民众读读政治小说可以起到政治教育的效果。"板垣深以为然，购买了多种作品以供创作政治小说参考。以此为蓝本，首先由自由党党员及其支持者开始翻案写作，后来甚至随意篡改成面向日本读者的宣传小说。对此，大隈重信发起的立宪改进党也不甘落后，着手写作政治小说。立宪改进党以布尔沃·利顿和本杰明·迪斯雷利（Benjamin Disraeli）的作品为蓝本，似乎在说你们自由党搞法国的，我们就用英国的跟你们一决高下。

如此一来，政治小说和翻案小说一道与传统的戏作世界诀别，起到了改变文学观念的作用。两者使文学内容更加严肃，提高了知识阶级对文学的关心，为新文学的出现发挥了过渡的作用，同时还逐渐缩小了此前士族和庶民在文学阅读方面的差异。

正如方才所述，政治小说一开始以翻案作品为主，但很快就出现了原创作品并博得读者欢迎。其代表作就是立宪改进党骨干成员矢野龙溪所著的《经国美谈》（明治十六年至十七年，1883—1884年）。

为了规避明治政府对言论的打压，很多政治小说披上了外国历史小说的外衣，《经国美谈》也不例外。小说借发生在公元前古希腊城邦底比斯（Thebes）的一起军事政变，以读本风格讲述了民权确立的过程。小说激发了热血方刚的政治青年们的浪漫主

《经国美谈》（虽然故事背景是古希腊，歌舞伎版完全是和风）

义情怀，作为历史小说受到狂热追捧。

另外，由于政治小说或描绘理想国家的蓝图或批判讽刺体制，很多作品在风格上与科幻小说十分接近。比如末广铁肠的《雪中梅》（明治十九年，1886年）和高安龟次郎的《世界列国之未来》（明治二十年，1887年）等，都将故事设定在超未来，讲述了当时日本的社会、政治。毋庸赘言，这些小说都受到了凡尔纳空想科学冒险小说翻案作品的影响。

凡尔纳作品的翻案热潮与日本政府如火如荼推行海军强化政策、提出开拓南洋的"南洋论"即殖民地扩张政策的时期重合。在这一时代潮流下，《经国美谈》作者矢野龙溪写下了（其实是口述)《浮城物语》(明治二十三年, 1890年)。这部小说以一场虚构的战争为内容,"浮城"是故事中一艘最新型巡洋舰的名称。作品通过讲述这艘日本军舰一举攻下荷属婆罗洲岛(Borne)的神勇事迹, 歌颂了日军在海外的雄姿。

矢野龙溪曾计划将《浮城物语》写成一部鸿篇巨制, 让"浮城"号从婆罗洲岛一路征战至非洲、南美洲, 最终夺取南极洲。但由于种种原因, 作者未能续写新篇。一位青年为迟迟不见续作出版而焦躁不已, 于是自己动笔创作起同类军事冒险小说。他的名字就是押川春浪。

押川春浪创造的武侠冒险科幻小说

明治十年至十九年(1877—1886年)是翻译小说的第一个黄金时代。在明治二十年至二十九年, 借着上个十年的余势, 黑岩泪香的翻案侦探小说备受好评。但明治三十年至三十九年后, 在纯文学领域写实主义转向自然主义, 泪香受到口诛笔伐, 种种原因导致偏向娱乐小说的翻译小说进入衰退期。在这一时期赢得与泪香相同人气的, 是如今被誉为"冒险科幻小说之父"的押川春浪。

押川春浪(1876—1914年), 原名押川方存。父亲是日本基督教界的元老、仙台东北学院的创立者。据说由于父亲管教很严, 少年时代的春浪叛逆顽劣。说得好听一点是有反叛精神, 难听一点就是举止粗鲁、屡教不改。他学生时代多次退学、转学, 先后就读于明治学院、东北学院和东京专门学校(早稻田大学前身）。被称为押川春浪版《浮城物语》续篇的《海底军舰》（明治三十三年，1900年）就创作于他吊儿郎当的学生时代。

主人公柳川龙太郎在环游世界时遇到一位挚友，朋友托他把妻子和孩子带回日本。然而在途中，轮船遭遇海盗袭击并沉入大海。朋友的妻子失踪，龙太郎和朋友的孩子两人逃脱，漂流到一座孤岛。日本海军正在孤岛上秘密开发海底战艇。他们孤岛冒险三年后，海底战艇接近完工。就在此时，一场巨大海啸使得提供动力的液体泄漏。为了寻找这种动力液体，龙太郎乘着氢气球飞向印度……从这里开始，故事渐入佳境。龙太郎一路上被怪鸟袭击、与海盗船战斗，令人痛快的打斗场景接连出现，最后迎来大团圆的结局。

1963年，这部作品被拍成电影，导演为本多猪四郎，特技导演是圆谷英二。两位是东宝电影公司拍摄怪兽系列电影的黄金搭档。电影仅借用了原作的基本故事情节，将时代背景更换为现代，出场人物和设定也完全不同。毕竟原作中敌国是俄国，如果原封不动地沿用可能会引发问题。于是编剧将需要打倒的恶魔改为穆乌帝国。笔者当时还是小学生，对这些改动自然一无所知，只记得被银幕上海底军舰的雄姿迷倒，哭闹着让父母给自己买军舰模型。当时，几乎所有的男孩子都组装过海底军舰的模型，开心地放在浴缸里玩过。

押川春浪的《海底军舰》属于冒险科幻小说，灵感来自《浮城物语》，还受到凡尔纳的《海底两万里》以及大仲马和雨果的大气磅礴、雄强刚健的作品的影响。由于当时还没有科幻小说的概念，押川春浪称自己的这部小说为"武侠冒险小说"。这个命名也体现了春浪富于反叛精神的特点。春浪在其作品《武侠的日本》（明治三十五年，1902年）中如此写道：

> 所谓武侠，是直面打压自由、独立、人权的势力，并与之斗争到底的精神；是推翻非法的打压势力，维护弱者权利的精神。为了一己利欲侵害他国或他人权利的都是武侠之敌。

《海底军舰》出版后大为畅销。对于一个初出茅庐的新人作家来说，处女作能取得如此成绩实属不易。中日甲午战争之后，整个日本沉浸在对富国强兵、民族主义和军国主义的狂热之中，这部作品因此受到少年读者的疯狂追捧。

从这部异想天开、荡气回肠的冒险传奇《海底军舰》开始，"武侠"系列拉开帷幕。之后，《新造军舰》（明治三十七年，1904年）、《武侠舰队》（明治三十七年）、《新日本岛》（明治三十九年，1906年）和《东洋武侠团》（明治四十年，1907年）相继问世。

春浪还写过浪漫传奇小说《银山王》（明治三十六年，1903年）和偏侦探小说风味的《塔中怪》（明治四十四年，1911年）等作品，其中前者的序言颇有深意。

所谓传奇小说，英语中称"Romantic Novel"，与写实小说大异其趣。即注重局面的变化，有冒险之谈、有仙侠之传、有世外之境、有神魔之界、有英雄美女、有妖怪奇人。一切皆可名正言顺地出场，虽说已失去了纯粹的文学趣味，但其千变万化的动作场面常令读者诸君感到惊险刺激。

春浪的作品主要先在面向青少年的爱国冒险杂志上连载，之后以单行本发行，数量将近60部。这些都是在短短十几年间集中精力创作的。后来因为至亲接连离世，春浪过度悲痛而患上酒精依赖症，再加上天生体弱，大正三年（1914年）春浪感染急性肺炎去世，年仅38岁。

电影版《海底军舰》(1963年，东宝电影)

近年，因为日本广播协会（NHK）大河剧①《韦驮天》（2019年）的播放，押川春浪和他发起的"天狗俱乐部"又成为话题。如果有读者想要深入了解这个离奇古怪的团体以及明治末期豪放不羁的作家，推荐阅读横田顺弥的《快绝壮游 天狗俱乐部》一书。

　　值得一提的是，春浪的武侠冒险科幻小说这一流派后来催生了小栗虫太郎、海野十三、兰郁二郎、香山滋、南洋一郎等作家的世外魔境冒险小说、科幻小说和海洋冒险奇谭等。与欧美的秘境冒险小说一样——比如19世纪下半叶在英国受欢迎的亨利·赖德·哈格德的系列作品——这个领域基本上都与帝国主义、殖民政策宣传脱不开关系。

---

① 大河剧是指长篇历史电视连续剧。

第10章

文豪们的侦探小说

　　根据文学史的定论，明治十八年（1885年）是日本近代小说的破晓之年。当年，坪内逍遥的《小说神髓》发行，以尾崎红叶为首的砚友社同人杂志《我乐多文库》创刊。而在三年前的明治十五年（1882年），一部名为《新体诗抄》的诗歌选集出版，该书收录了东京帝国大学三位教授的原创和翻译诗作。在此之前，提到诗歌，基本就是汉诗或者和歌、俳谐、川柳。明治时代，诗人们开始吸收欧美诗歌的韵律，希望开创一种摆脱固定形式束缚、可以自由表达感情的新体诗。

新的文体、首部真正意义上的小说理论著作以及文人结社整齐地出现在明治十八年。

其中尤以砚友社对文学界的影响最为巨大。砚友社一开始只不过是几个大学预备科学生的文学同好会，后来社团内部传阅的杂志《我乐多文库》被出版社公开发售并引发外界关注，以尾崎红叶为首的砚友社成员因此陆续实现了作家出道。

明治二十二年（1889年），尾崎红叶凭借《两个比丘尼的色情忏悔》在文学界闪亮登场，同年他还担任了《读卖新闻》的文艺专栏的撰写。砚友社成员渡部乙羽则入赘博文馆馆主家，博文

砚友社成立时的成员

馆是当时杂志出版界的龙头老大。另外，当时单行本出版界的王者春阳堂取得了砚友社成员作品的独家发行权。

砚友社成立之初只不过是几个文艺青年畅饮闲聊的社团，却不知不觉发展成左右报纸、杂志和单行本动向的文学界一大势力。日本文坛也由此形成，山田美妙、泉镜花、川上眉山、小栗风叶、德田秋声、广津柳浪、岩谷小波等百余位作家纷纷会集到砚友社门下。

但就在同时，黑岩泪香登场并带来翻案小说的隆盛局面。从明治二十四至二十五年左右，侦探小说大为流行。比起文体生硬、写实性地描绘心理和风俗的文艺作品，大众更喜欢天马行空的虚构传奇故事。

于是正如前面第7章所述，纯文学阵地开始向侦探小说发难："是谁糟蹋了文学园地？"知名评论家兼翻译家内田鲁庵在杂志《国民之友》（明治二十六年7月3日号）中如此批评侦探小说：

　　此等故事（侦探小说）既不描写人之性情，亦不关注社会现实，只不过弄些哄骗孩童的伎俩，图一时之快慰。（中略）侦探小说其自身价值不过如此。恕我直言，侦探小说本就毫无价值，泪香小史（泪香笔名之一）之流的翻译则使其价值愈发低下。

不关注"人之性情"和"社会现实"是根据坪内逍遥《小说神髓》中的知名论断"小说的主脑在人情，世态风俗次之"作出的批评。而哄小孩的逃避现实之作这种说法，至今仍被用于批评推理小说及其他类型小说（Genre Novel）。

对此，泪香小史的高足丸亭素人在一篇序文中毫不客气地作出了回应。该序文系为明治二十六年（1893年）8月发行的菊亭笑庸的《火焰之首》而撰。

侦探小说首次在我国出版乃明治二十年，去今不过五六年。其崭绝奇警、令读者一刻不休之妙思趣考直入人心，故付梓出版之作渐多。然猝生流行之风乃自去年始，天下读者皆曰非侦探小说则不值一读。于是乎，众咬文嚼字派文学家皆投笔变色隐其身姿。盖因其文字用法迂回，普通读者喜爱文字晓畅、思考新颖、趣味盎然之小说，而不喜意思难解、古已有之司空见惯之小说乃人之天性。为此侦探小说得以阔步独行于日本文学界。

双方如此展开激烈论战，不过纯文学一派似乎处于劣势——劣势倒不是因为纯文学理亏，而是商业销售方面不及侦探小说。结果，文名甚高的作家们纷纷写起侦探小说。毕竟文学理念诚然可贵，作品销量也很重要。

据说众作家下海写作侦探小说是听从了春阳堂老板的授意。估计老板是这么说的：各位作家先生，实在不好意思，最近书卖得不好，能不能写点不那么文学的、好卖的东西，比如侦探小说之类。

反翻案侦探小说的纯文学作家们

于是在尾崎红叶的一声令下，砚友社的作家们赶鸭子上架似的写起侦探小说。其成果就是春阳堂版《创作侦探小说选集》全26集。该选集从明治二十六年（1893年）1月开始刊行至翌年2月，彼时正是纯文学作家对侦探小说口诛笔伐正酣之际。与其创作低俗的侦探小说，不如拿出艺术性更高的作品——砚友社或许是抱着这样的念头，有意推出一部侦探小说的范本。

结果，选集中流传至今的作品几乎为零。作品内容贫瘠，难以望翻案侦探小说之项背。而且绝大多数作品均以化名发表，又因文体相较作者其他作品变化较大，很多作品无法确认作者真实身份。

如今能够考证出的真实作者只有寥寥数人，其中包括川上眉山和柳川春叶等人。后者是尾崎红叶门下四大天王之一，其他三位天王则是德田秋声、小栗风叶和泉镜花。

或许德田秋声、小栗风叶也用化名或匿名参与过《创作侦探小说选集》的写作。这里之所以没提泉镜花，是因为第11集《活人偶》就出自他的笔下。

泉镜花毕竟是泉镜花，署真名的唯独他一个人。彼时泉镜花还是弱冠之年，《活人偶》是他作家出道后的第二部长篇作品，也是第一部单行本（实际上篇幅仅有一个中篇的分量）。估计当时泉镜花创作这部作品时，想的是只要有机会和地方发表就行。

泉镜花《活人偶》

　　《活人偶》与其说是以推理为主体的侦探小说，不如说是一部日本版哥特浪漫小说的佳作。

　　故事发生在一栋旧士族的大宅子里，年轻貌美的千金姐妹花被囚禁于此。一个冷酷不仁的中年男子企图霸占这栋房子、这个家族的财产以及姐妹俩的贞操。俊美的青年侦探（刑警）决定出手救出姐妹花。几乎化为废墟，有鬼屋之称的这栋大宅子里种种怪异事件接连发生。事件的真相究竟是什么……

　　旧士族的大宅子＝古城堡，不仁的中年男子＝恶人，美丽的千金小姐=遭受迫害的少女，秘密的禁闭室=迷宫般的地下监牢，还有企图霸占遗产的阴谋、活动木偶、幽灵、怪异现象，等等，这些都令人想起哥特小说的古典名作——拉德克利夫的《奥多芙的秘密》，或者奇情小说的代表作威尔基·柯林斯的《白衣女人》。

故事中脸颊上长着月牙疤痕的主人公塑造得十分成功。《右门捕物帖》的作者佐佐木味津三所著《旗本退屈男》的主人公早乙女主水之介（口头禅是"你没看到老子额头上无人不知的疤痕吗？"）或许就是以这个月牙侦探为原型。另外，被囚禁的姐姐下枝遭受凌辱的场面描写极富情欲。

《活人偶》与其说是一篇以解谜为主的侦探推理小说，不如说是怪奇色彩浓郁、打斗场景精彩的作品。情节设置也过于随意、缺少铺垫。虽然《活人偶》是泉镜花年轻时的习作，却随处可见其后期作品中唯美主义妖幻怪异的萌芽。

总而言之，春阳堂版《创作侦探小说选集》全26集在内容上无法比肩泪香小史一派的翻案侦探小说，在文学赛场上惨败而归。不过作品却实现了商业上的成功，春阳堂老板得偿所愿。

春阳堂的这个选集内容杂乱繁多，除了原创和翻译作品外，还收录了"口演"①和口述类作品，不少是凑数、应急、赶工之

① "口演"是日本传统曲艺讲谈、落语和浪曲等的表演形式，以口述为主，同时伴有声音变化、表情、手势和身体动作等辅助方式。

作。笔名也很随意凑合，比如一二三子、哀狂坊。但敷衍也好过没有，有几册甚至干脆没有署名。这种作品都能冠以"侦探小说"，引得饥不择食的读者争相购买，由此可以想象当时的翻案侦探小说热潮，真到了丸亭素人所说的"非侦探小说则不值一读"的地步。

但是，繁盛一时的翻案侦探小说后来遭遇了纯文学的卷土重来的冲击，随着自然主义的兴起而逐渐式微。结果到了明治三十年，押川春浪的冒险科幻小说迎来高潮，40年代泪香风格的法国侦探小说（重爱恨情仇、轻推理分析）被取代，英国侦探小说（以逻辑思考破解谜题为主）逐渐被接受。

司法制度健全、个人自由和权利得到保障、警察组织建立、科学搜查受到采用、普通教育制度普及、民众文化水平提高、都市文化兴起、逻辑思考可被学习——只有在这种社会环境下，推理小说才有机会繁荣发展。而在日本，这种社会环境直到大正时代方才出现。

日本特色推理小说始于谷崎润一郎

讽刺的是，日本特色的推理小说——不是翻案而是原创作品——是由纯文学领域的作家首先开始创作的。明治二十年后半期，文士们为了糊口而试水的"艺术性侦探小说"经过约二十载才在文豪谷崎润一郎的笔下破土发芽。

说起谷崎润一郎，恐怕很多读者马上想到的是《痴人之爱》

《春琴抄》和《细雪》等作品。从明治末期开始，中经大正时代，直到昭和中期，他为文学史留下了众多佳作名篇。这位大文豪在写作生涯初期——即被称为耽美派、享乐派、恶魔派，与自然主义对抗的时期——创作了若干侦探小说和犯罪小说，当然还有被称为怪奇幻想小说的作品。

明治时代，幸田露伴没有加入砚友社却与其风格接近。他写过怪谈幻想类作品，还用文语体创作过一篇类似翻case侦探小说的短篇《怪哉》（明治二十二年，1889年）。他学识渊博，唯有谷崎润一郎可与之一较高下。从日本古典到西欧最新文学，谷崎的修养甚至超过了芥川龙之介。谷崎还精通英语，能够阅读欧美原版作品。

谷崎的侦探小说、犯罪小说更接近爱伦·坡而非柯南·道尔。有意思的是，谷崎的胞弟谷崎精二因翻译《爱伦·坡小说全集（全四卷）》闻名。

如果说柯南·道尔的侦探小说是医生的条分缕析，那么爱伦·坡的则是病人的喃喃独白。这里的病人患的是心恙。换言之，谷崎的侦探小说讲述的是异常心理（过去称"变态心理"）的噩梦和迷宫世界。此类作品的代表作收于《谷崎润一郎 犯罪小说集》和《润一郎迷宫8 犯罪小说集》两部著作。

爱好怪奇幻想作品的读者应该对《人鱼之叹》（大正六年，1917年）、《哈桑·罕的妖术》（大正六年）、催眠术题材小说《魔术师》（大正六年）以及被称为谷崎版"天方夜谭"的《天鹅绒之梦》(大正七年，1918年）等作品比较熟悉。其中我个人比较喜欢的是短篇小说《人面疮》（大正七年）。

1910年，在好莱坞大获成功的女演员歌川百合枝载誉而归。回到日本后，百合枝听说自己主演的一部怪异玄妙作品《人面疮》（日本译名《执念》）正作为地下电影（Underground Cinema）被秘密放映，但她对这个片名毫无印象，完全不记得自己曾出演过。这部陌生的电影作为"剧中剧"，讲述了如下故事。

歌川百合枝在电影中扮演一个生活在海港城市的风尘女。她与一个美国水手相恋并计划私奔，后在爱慕自己的"乞丐"帮助下逃出淫窟。作为报酬，"乞丐"让她与自己共度一夜鱼水之欢，她想出奇计拒绝了"乞丐"。"乞丐"怒上心头愤而自杀，并诅咒称自己丑陋的执念和妄念将纠缠她一生。

登上偷渡美国的轮船后没过几天，风尘女膝盖上长出了一块疮疮。后来疮疮上竟然逐渐现出"乞丐"丑陋的脸庞。最后虽然总算到达了美国，风尘女却因为膝盖上的"人面疮"而杀害了心爱的水手，迎来悲惨的结局……

听了这部地下电影的故事介绍，百合枝还是毫无头绪。拍这部电影的究竟是何方神圣，又是怎么拍出来的？深夜里把这部电影在东京到处放映的组织又是什么来头？于是百合枝委托侦探调查。关于这部疑团重重的电影，只有一点是清楚的——深夜独自观看就会发疯。听到银幕上传来"人面疮"的笑声，人会精神失常。虽然这是一部无声电影。

最近很多人评论说，铃木光司的《午夜凶铃》就是受"深夜独自观看就会发疯"这个桥段所启发。笔者认为，如果谷崎润一郎把《人面疮》写成一部长篇的话，或可成为一部与西奥多·罗斯扎克（Theodore Roszak）的杰作《闪烁》（*Flicker*，1991年）相媲美的媒体阴谋论作品。

作为大正时代现代主义的先锋，谷崎润一郎对电影这一当时最新高科技娱乐非常狂热，甚至在电影公司的剧本部门谋得一个职位，亲自参与电影制作。其电影相关作品可以在《润一郎迷宫11 银幕的彼方》中读到。

谷崎作品中侦探小说迷评价较高的是《途中》（大正九年，1920年）、《我》（大正十年，1921年）和《被诅咒的戏曲》（大正八年，1919年）。《途中》讲述了以"盖然性犯罪"（Crime in Probability）为犯罪手法，即企图借助偶然性实现完美犯罪的故事；《我》的特点是叙述者的视角崭新；《被诅咒的戏曲》则具备巧妙的元小说叙事结构。

尤为知名的是《白昼鬼语》（大正七年，1918年），在这部具有颓废色彩的色情怪诞幻想侦探小说中，夏尔·波德莱尔（Charles Baudelaire）的恶魔主义和王尔德的唯美主义浑然一体，是谷崎的文学世界中充满爆炸力的一个短篇。

园村（福尔摩斯角色）在电影院偶然拾得一张写着暗语的纸条，他破解出其中玄机并透露给友人高桥（华生角色）。这段暗语显示一桩凶杀案即将发生，似乎还暗示了时间和地点。由于园村最近有些神经错乱，高桥对他的话半信半疑，不过还是决定陪同园村前往现场。结果凶杀案竟然真的发生了。受害者似乎是前不久失踪的一位贵族，而凶手是一个美貌的女郎。园村对美丽神秘的凶手一见钟情，并与之相知相熟。后来突然某一天，高桥收到园村寄来的一封信，希望高桥来观看自己被女人杀死的场面……

这部短篇具备了侦探小说必备的基本元素：有计划的谋杀、谜团、调查、线索解读以及出人意表的真相。提到谷崎润一郎，很多人会想到其作品中性倒错（如受虐狂和恋物癖）的愉悦和妖美。在这部短篇中，他巧妙地将性怪癖转而用于犯罪手法的设置，令读者惊叹。

永井荷风是谷崎润一郎的前辈，而森鸥外又是永井荷风的导师。对"只有自然主义才是作家"的风潮，三人大唱反调，创作出充满艺术至上主义风格和人工痕迹的作品。可以说，文学性的侦探小说也作为一种表现形态，扮演了反自然主义的角色。

佐藤春夫及芥川龙之介的侦探小说

如果要在森鸥外、永井荷风、谷崎润一郎的代际承袭脉络中再接上一位，则当数文豪佐藤春夫。《田园的忧郁》和《都会的忧郁》是其代表作品。熟悉文坛秘辛的读者或许都知道"细君①让渡事件"，谷崎润一郎与妻子千代子和佐藤春夫之间的三角关系最终以谷崎将妻子让给佐藤而告终。

很多人以为佐藤春夫横刀夺爱，谷崎则是被晚辈戴绿帽子的受害者。但也有人认为其实一切都是谷崎设下的圈套，佐藤中计上当却浑然不觉。谷崎为了甩掉妻子，跟小姨子（《痴人之爱》中娜奥密的原型）结婚（结果被甩），在现实生活中实施了"盖然性犯罪"——这也是其作品《途中》里面的犯罪手法。

文坛丑闻就此打住。谷崎在昭和初期就干脆利落地诀别了侦探小说，他写道："为了出人意表，不得不竭力编造奇人怪事。但愈是如此，必会在某处露出破绽从而离常情常理愈远，故事的真实感愈弱。即使能达到出人意表的目的，也毫无震撼之感和盎然趣味，只会令人觉得愚蠢可笑。"而佐藤春夫始终对侦探小说抱有兴趣，并创作过多篇作品。

只不过他如此写道：

我认为真正的侦探小说是行动和推理的文学。但在我国，人们对侦探小说的解释更为广义，对有浪漫主义气氛和构思的作品也习惯称之为侦探小说。

———————————

① "细君"在日语中意为妻子。

真正的侦探小说我还没有写过，但广义上的、可以享受奇思妙想之趣的作品倒是写得不少。（《日本侦探小说代表作集2 佐藤春夫》昭和三十一年发行）

话虽如此，但佐藤春夫的《妈妈》（大正十五年，1926年）就是一篇为享受纯粹推理而创作的作品。还有两篇小说是《陈述》（昭和四年，1929年）和《更生记》（昭和四年）。作品运用当时知识分子热议的弗洛伊德心理学和变态心理学（现在称异常心理学），分析罪犯走上犯罪道路的心路历程，可作为富有学术性和逻辑性的医学推理小说来阅读欣赏。另外，长篇小说《维也纳的杀人嫌犯》（昭和八年，1933年）是一部罪案纪实风格的法

谷崎润一郎（右）和佐藤春夫（左）

庭推理小说。这部佳作舍弃了佐藤此前作品中对犯罪心理的探索，彻底聚焦推理和逻辑。

但是，《西班牙犬之家》（大正六年，1917年）和《女诫扇奇谭》（大正十四年，1925年）等作品就是"广义的、可以享受奇思妙想之趣"的侦探小说，也就是后来被称为"变格"的作品。尤其是短篇小说《女诫扇奇谭》是一个哥特浪漫小说风格的幽灵谭，令人想起画意书写的"废墟之美"。但也像拉德克利夫那样，佐藤春夫在故事最后对怪异现象作出了合理解释。其他还有一部作品名为《指纹》（大正七年，1918年），这部作品被认为受托马斯·德·昆西（Thomas De Quincey）的《瘾君子自白》（*Confessions of an English Opium Eater*，1822年）所启发，是一部耽美风格的幻想推理小说。从这部作品可以看出，佐藤春夫也深深被电影这一新兴艺术的魅力所吸引。

佐藤春夫不仅从事侦探小说的创作，还写过若干评论文章。其中尤为出名的是《侦探小说小论》（大正十三年，1924年）。

佐藤春夫认为，侦探小说大致可以分为两类，一类是"以实干家的头脑为基础的推理判断"，还有一类是"神经衰弱者直觉的病态敏感之产物"。他还作出如下结论：

总之，侦探小说是丰厚的浪漫主义这棵大树上的一根枝杈，是猎奇妖异（Curiosity Hunting）的果实，是多面的、诗歌般的宝石的一个切面散发的诡异光芒。其一方面植根于普世之人对恶的神妙赞美和欲一睹可怖之物的奇异心理，另一方面则与喜爱明快这一健全的精神相互结合——如果说侦探小说因此而成立应该没有大错。有些作者与读者对恶之赞美兴趣浓厚，有些作者与读者则对喜爱之情兴致勃勃。人们口味各异，但归根结底，作品要有诗情、要富美感。因此，对此类小说作者来说，最重要的是风格与内容要一致地颖拔奇异，同时又要有明快之感和高潮迭起。

还有一位文豪与谷崎润一郎和佐藤春夫同属新浪漫主义，也留下了多部饱含侦探小说风味的名篇。他就是芥川龙之介。

官田弥太郎绘《女诫扇奇谭》

上文提到《女诫扇奇谭》，这是佐藤春夫数月台湾旅行之后基于亲身体验创作的作品。而芥川龙之介的《奇异的重逢》（大正十年，1921年）则以其数月中国旅行期间的感慨为背景。两者均可归类为中日甲午战争后的日本殖民地文学，讲述了帝国主义性质的"男性视角"。

《奇异的重逢》讲述了一个叫阿莲的军官小妾在幽居中逐渐精神失常的故事，故事暗示了背后杀人事件的发生。"我"和医生K以及伺候阿莲的老女佣都直接开口讲述，使得故事充满不确定性。随着主人公阿莲逐渐失去自我，其疯癫也日益加重，同时故事的不确定性也不断加深。在侦探破解谜题的故事出现之前，即爱伦·坡作品出现之前，负责破案的是预言（占卜）、梦和幻视等。可以把《奇异的重逢》作为这种古老的侦探故事阅读欣赏。

芥川龙之介的《魔术》（大正九年，1920年）可以视为对谷崎润一郎《哈桑·罕的妖术》的唱和之作。故事结构与芥川的儿童文学杰作《杜子春》相同，故事内容都属于"邯郸之梦"。《魔术》可以说是"邯郸之梦"故事的一个变种，也是所谓的"走马灯系列"。如果要把这两篇用豪尔赫·路易斯·博尔赫斯（Jorge Luis Borges）的作品来类比的话，前者是《被迫等待的魔术师》（西班牙语：*El brujo postergado*，1935年），后者是《秘密的奇迹》（西班牙语：*El milagro secreto*，1944年）。

《秘密的奇迹》的创意来自安布罗斯·比尔斯（Ambrose Bierce）的名作《猫头鹰桥事件》（*An Occurrence at Owl Creek*

Bridge，1890年）。芥川龙之介认为比尔斯是与爱伦·坡齐名的短篇小说圣手，他的反推理小说作品《竹林中》（大正十一年，1922年）就受比尔斯《月光小路》（*The Moonlit Road*，1907年）的影响。芥川的《报恩记》（大正十一年）也是同类犯罪作品。作品中描写了充满分歧、多样性的现实，借用科幻小说的术语来说，就是"平行世界"。博尔赫斯也在《小径分岔的花园》（西班牙语：*El jardín de senderos que se bifurcan*，1941年）中讲述过同类的反推理故事。通过美国作家比尔斯，阿根廷文学巨匠与日本文豪居然建立起了联系，真是有趣。

正如以上所介绍的，大正前期文豪们创作的侦探小说更重视猎奇幻想的想象力，而非逻辑思考。这些风格主义的、感伤主义的作品将惊异与效果、异形与策略作为其强烈的特征。

第 *11* 章

杂志《新青年》
与江户川乱步及"变态"

江户川乱步的世界由三块领地构成。一块是上一章介绍过的谷崎润一郎和佐藤春夫妖异耽美的新浪漫主义作品，另外一块是黑岩泪香的传奇浪漫风翻案小说和武侠小说，还有一块就是爱伦·坡和柯南·道尔注重理性分析的侦探小说。

乱步的读书口味与其作品的三个类型可以分别一一对应。初期的本格侦探作品对应爱伦·坡和柯南·道尔，催生"怪诞怀旧"的倒错颓废之美满溢的变格作品对应谷崎润一郎和佐藤春夫，长篇连载小说则对应黑岩泪香。

有意思的是，乱步少年时代沉迷于泪香，青年时代先后醉心于谷崎、佐藤和宇野浩二，作家出道之初又为爱伦·坡和柯南·道尔所折服。但其创作生涯的初期、中期、后期三个阶段的风格却分别对应柯南·道尔、谷崎、泪香，似乎是从后往前回溯自己的读书经历。

大正十二年（1923年），乱步以《二钱铜币》出道，这是日本首部以暗号解读为主线的短篇推理小说。那年乱步29岁，与当时的其他作家相比，他的出道并不算早。《二钱铜币》发表在如

《新青年》封面

怪异猎奇：世界推理小说全史

今已成为传说的《新青年》杂志上。

讨论日本原创侦探小说时，乱步和《新青年》是两个无法绕开的话题。乱步曾评价《新青年》是"国内外侦探小说及其评论的百科全书，如果做个索引的话，就是侦探小说的不列颠百科全书"。这里先介绍一下这本罕见的杂志。

正如上文乱步所言，《新青年》对日本推理小说的开拓、发展贡献巨大。或许很多人认为这部杂志就是一部专业的侦探小说刊物，至少笔者就曾这么认为。然而在创刊初期，《新青年》的定位并不是娱乐读物杂志。

《新青年》创刊于大正九年（1920年）年初，其前身是博文馆主办的《冒险世界》。在明治时代，博文馆业已建立起杂志王国的堡垒。《新青年》早期主要以农村青年为目标读者群，是一部旨在提高精神修养、启蒙科学知识和鼓吹海外开拓等内容的综合启蒙杂志。

尽管大正初年距离明治维新的文明开化已有约半个世纪，但地方农村的文化和生活与江户时代相比几乎没有什么变化。在网上搜索一下记录当时日本社会面貌的影像资料便可一目了然。

顺便介绍一下，《新青年》的前身《冒险世界》由岩谷小波负责，岩谷是日本奇幻文学鼻祖，有日本安徒生或日本格林之称。杂志社后来聘请《海底军舰》作者押川春浪担任主笔，连续刊登三津木春影的桑代克博士系列翻案作品，使得杂志风靡一时。

曾以提高一战后地方青年修养为宗旨的《新青年》从乱步出道的大正十二年（1923年）开始，顺应时代变化，逐渐向娱乐杂志转型，并致力于为原创侦探小说提供舞台。

　　在此之前，《新青年》也曾刊载过侦探小说，但都出现在生硬训示和海外资讯的夹缝之中，让读者聊以轻松片刻。所登的当然都是海外作品的译作。据说是第一任总编森下雨村厌倦了过于严肃保守的版面编排，为了求新求变，从而决定刊登海外侦探小说的翻译作品。

　　对，不是一直以来的翻案，而是翻译。虽然偶尔还有大胆的意译和节译，但翻译基本忠实于原文，而且用的是通俗易懂的口语体。结果，这类作品对革新翻译文体产生了很大的影响。巧合的是，黑岩泪香就是在《新青年》创刊之年去世的。

　　创刊一年多后，《新青年》于大正十年（1921年）8月推出了侦探小说特辑。大正十二年1月，特别增刊"侦探小说杰作集号"发行。增刊目录根据分类编排，有纯侦探小说、奇智侦探、怪奇侦探、滑稽侦探、冒险侦探、情报侦探等。

　　也就是说，当时《新青年》没有严格区分科幻小说、恐怖小说、奇幻小说（当时这些术语也尚未出现），而是把纯文学以外的休闲小说都归为侦探小说。因此，之后的《新青年》在让阿加莎·克里斯蒂（Agatha Christie）和G.K.切斯特顿（G.K.Chesterton）等人的本格侦探小说在日本首次登场的同时，也刊登了L.J.比斯顿（L.J.Beeston）和莫里斯·李维尔（Maurice

　　　　　　　　怪异猎奇：世界推理小说全史

Level）等人的特色短篇、亨利·卡米（Henri Cami）和P.G.伍德豪斯（P.G.Wodehouse）等人的幽默小说、威尔斯的空想科学小说、亨利·赖德·哈格德的秘境冒险小说、安布罗斯·比尔斯、霍夫曼和邓萨尼勋爵（Lord Dunsany）等人的怪奇幻想小说，等等。《新青年》简直成了一家琳琅满目的娱乐小说百货商店。由此，翻译侦探小说（严格地讲是类型小说）成了《新青年》的一大卖点。

但是《新青年》之所以能在日本侦探小说史上留下熠熠生辉的大名，还是因为其催生国产侦探小说之功。江户川乱步的《二钱铜币》（大正十二年4月号）在《新青年》这个产房里发出了第一声啼哭。"接生婆"总编森下雨村如此写道：

"日本需要出现不输外国作品的侦探小说。"——我们一直如此念叨着。现在优秀的作品终于出现了。这部完全出自原创的作品毫不逊色于外国名作，甚至可以说，在某种意义上拥有比外国作家作品更胜一筹的优点。我说的就是本期刊载的江户川氏的作品。

之后，乱步的第二部作品《一张收据》在同年7月号发表，第三部作品《致命的错误》在同年11月号发表。翌年大正十三年《二废人》（6月号）和《双生儿》（10月号）发表。在大正十四年发表的《D坂杀人事件》（1月增刊）中，名侦探明智小五郎首次登场。

乱步作品无一例外受到了好评和关注。受其影响，写手们陆

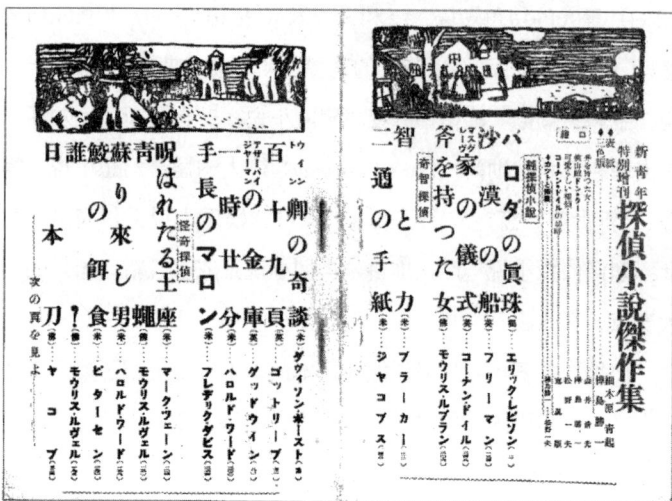

《新青年》大正十二年1月特别增刊号目录

续将笔尖伸向原创侦探小说。总编森下雨村紧紧抓住这一难得的机会，积极发掘新人。于是，在乱步之后，甲贺三郎、葛山二郎、小酒井不木、大下宇陀儿、城昌幸、渡边温、牧逸马、国枝史郎、梦野久作等人纷纷亮相。

变态性欲催生"变格"侦探小说

大正十四年（1925年），乱步开始在其他杂志发表作品，如《人间椅子》（《苦乐》10月号），以及大正十五年（1926年）发表的《非人之恋》（《Sunday每日》）和《镜地狱》（《大众文艺》10月号）等。读过的作者想必知道，这些短篇并不是通过纯粹逻辑推理解开谜团的本格推理小说，而是充满奇思的、猎奇耽美的怪奇幻想谭。这种新浪漫主义的风格同样大受欢迎，引得其他众多侦探小说作家纷纷模仿。

大正十五年（1926年）2月，理性科学侦探小说的推动者和创作者平林初之辅在《新青年》新春增刊上发表了《侦探小说界之诸倾向》一文。

以上四人（注：江户川乱步、小酒井不木、横沟正史、城昌幸）至少在最近，把更多的，或者说是全部的兴趣都集中在对精神病理和变态心理的侧面的探索上。他们似乎不满足于从寻常的现实世界中挖掘浪漫，而是先构建起一个异常的世界，再从中展开故事。这个世界的构成是诡异的、possible的（微乎其微的可能性），而非probable的（很有可能的）。如果构成稍有一点点拙劣，作品存在的理由就会被严重削弱。但是由于人的心理中有喜欢这种不健全的、病态之物的倾向，而且几乎是天生的，所以侦探小说中生出这一派也是很自然的事情。

对这种不健全派，可将称为健全派的东西与之相对考虑。

这里所说的"健全派"和"不健全派"后来被甲贺三郎改称为"本格"和"变格"。

用今天的基准来看，这里的"变格"可以说是怪奇幻想小说。按照乱步的定义，"变格"就是怪谈。他在随笔《怪谈入门》

中写道："孩提时代，我对怪谈颇有兴趣，但自从喜欢上侦探小说后，就没有读过西方的怪谈作品。"接着，他继续写道：

　　因为在谈论推理小说时，侦探小说和怪谈虽有相通的地方，但前者遵从理性主义，后者崇尚非理性主义。我以前一直认为从趣味上来讲，两者位于完全相反的两极。

　　但现在来看，我似乎把两者分得太清了。（中略）我开始觉得不应该把侦探小说和怪谈划分得泾渭分明。

　　（中略）光从最近几年的倾向来看，可以认为侦探小说来自哥特恐怖小说，又回归到哥特恐怖小说。

　　从两者的历史渊源来看，侦探小说和怪谈也是不可分割的关系。再从其他方面来看两者的关系，我们所说的广义上的侦探小说，其实就包括侦探小说和怪谈。如今我发现，大部分的所谓变格侦探小说称为怪谈也完全没有问题。

　　写作过程中，乱步还想起自己的《与贴画一同旅行的男子》《镜地狱》《非人之恋》等作品，不禁感叹："哈哈，突然感到很惊讶，自己居然也写过不少怪谈。"之后，他接着写道：

　　这么想来，日本的所谓侦探小说至少有一半都属于怪谈。在英美，一般而言，本格侦探小说盛于怪谈。但日本恰恰相反，本格的读者限于少数，反而怪谈受到了压倒性多数读者的欢迎。从我过去的经验来看，比起《二钱铜币》和《心理试验》，《白日梦》《人间椅子》《镜地狱》等类型的作品更加雅俗共赏。不可否认，这也影响了我当时的创作态度。

实际上乱步收获的狂热崇拜和巨大名声，更多是恶俗趣味的色情怪诞幻想作品的功劳，如短篇《芋虫》《火星的运河》《人间椅子》和长篇《帕诺拉马岛奇谈》《孤岛之鬼》《盲兽》等，而非初期以理性分析见长的本格作品。乱步在另外一篇随笔《谈日本侦探小说的多样性》中，如此直言不讳：

注重逻辑的侦探小说按照逻辑推进即可。而创作犯罪、怪奇、幻想的文学作品时，作者可以遵循个性、信笔由缰，就算偏离了侦探小说也无妨。这样才会有日本侦探小说界异于欧美且值得自豪的多样性。

佐藤春夫曾经提倡的"猎奇妖异的果实"，正是乱步说的"日本侦探小说界异于欧美且值得自豪的多样性"，是当时"变格"作品的精髓。或者也可说是佐藤春夫称颂的"神经衰弱者直觉的病态敏感之产物"。

人们认为，"变格"作品被接受的文化背景是"变态性欲"和"变态心理"传入日本。这里先介绍一下当时的一门新学问——性科学（sexology）。

被性科学拯救的王尔德

本书第6章介绍的"返祖"和"退化论"，以及由此产生的龙勃罗梭的"天生犯罪人理论"震撼了19世纪下半叶的西欧社会，结果一门科学的学问——性科学诞生了。

国民正在退化（变质）、正在倒退回猿人、正在劣化！到底该怎么办？这种现象产生的主要原因是生殖行为不规范——在这些观念大行其道的社会背景下，有人开始将性行为区分为正常和异常，并开展调查研究。普法战争、布尔战争发生后，英法两国的民众担心国家就此衰落。作为事关国家存亡的重要课题，国民素质下降及人口减少的现象受到关注。

各种各样的性倒错——性施虐狂（sadism）和性受虐狂（masochism）、同性恋（homosexual）、恋物癖（fetishism）、嗜粪症（scatology）、恋尸癖（necrophilia，又称奸尸）、恋童癖（pedophilia）等，可以说都是因为性科学的相关研究才诞生的。也就是说，在此之前这些性倒错是不存在的，是因科学学说命名后才产生的异常性癖。

当时的性学家认为，只有以繁衍后代为目的的男女性行为才是"正常"的，其他纯粹享受肉体欢愉、没有产出的所有性行为都是"异常"的，都笼统地称之为"体外射精"（onanie）[1]。

_____

① "onanie"为德语单词，意为体外射精、手淫。

顺便介绍一下"onanie"的词源。《圣经》的"创世记"第38章中，一个名叫俄南（Onan）的男子不愿传宗接代，每次同房都把精子遗在地上。这种避孕行为违背了神"生养众多、遍满大地"的旨意。不为繁衍、只求快感的射精成了对神的违逆之罪。于是人们用罪人俄南（Onan）之名造出"onanism"一词。

在19世纪下半叶的西欧基督教社会，性倒错即体外排精是一种大罪。因此怪异性癖也作为一种犯罪行为成为司法管辖的对象。

比如1895年发生的"王尔德事件"。王尔德著有长篇小说《道林·格雷的画像》、戏剧《莎乐美》（1893年）和童话《快乐王子》（*The Happy Prince*，1888年），是19世纪末英国知名的颓废主义作家，也因迷恋美少年而出名。当时同性恋（严格来说是"鸡奸罪"）是要进监狱的重罪，因为它不以生殖为目的，"违反了神意（自然）"。王尔德也被判处监禁，但后来性科学救了他。

简单来说，由于性科学的出现，性倒错不再是"犯罪"，而被视为一种"疾病"。结果王尔德被释放，但被英国永久驱逐出境。他在欧洲漂泊流浪后，客死法国（1810年的《拿破仑法典》规定，同性恋不受刑法制裁）。这位爱尔兰出生的英国作家之所以长眠法国就是这个缘故。

性科学以临床案例为基础，试图对性倒错进行科学分类。由于性科学的诞生，偏离正轨的性欲已不再是司法制裁和道德谴责的对象，而是一种疾病（先天畸形或者异常体质），成为区分正常和异常的指标。正如米歇尔·福柯所述，不再是"行为"的问题，而是"人格"的问题。不过，同性恋者还是逃脱不了隔离监禁，只不过地点从监狱变成了收治机构。

结果，性科学承担了通过管理性行为来规范私生活的作用。同时，对女性性爱的道德感（羞耻心）及身体管理的神话（纯洁、处女）被医生、科学家——也就是从"男性视角"捏造出来了。

健全夫妇之间的正常生殖行为是实现优生的基础。为了提高"健全"和"正常"的程度，性学家对异常——或曰倒错、变态——展开了临床调查研究。尤其是19世纪末德国和英国的学者发挥了先驱作用。其中最具代表性的是德国精神科医生理查德·冯·克拉夫特·埃宾（Richard von Krafft Ebing）和英国医生、社会活动家、作家哈夫洛克·蔼理士（Havelock Ellis）。两人均被视为性科学的奠基者，对文学界也产生了深远的影响。

顺便提一下，在20世纪初叶，最早将关于性的科学命名为"sexology"的是德国皮肤科学者伊万·布洛赫（Ivan Bloch）。他在梅毒和卖淫研究方面成绩斐然，还因写作《萨德侯爵及其时代》（德语：*Der Marquis de Sade und seine Zeit*，1899年）而闻名。该书是最早真正意义上的萨德研究专著，当时以欧根·杜伦（Eugen Dühren）之名发表。

克拉夫特·埃宾的代表作《性心理病态》（德语：*Psychopathia Sexualis*，1886年）最早于明治二十七年（1894年）被介绍至日本。虽然日译本是以日本法医学会之名发行的，但书名相当香艳露骨——《色情狂篇》，或许没翻译为《淫欲狂篇》已经算很克制了。意料之中的是，该书甫一出版就遭到查禁。第二次发行是在大正二年（1913年），此次出版得到坪内逍遥的高度重视，由日本文明协会出版，题为《变态性欲心理》。该标题成为定译，同时"变态"一词也在大正后半期至昭和初期流行一时。

不过，还有一种说法认为"变态"出自森鸥外的《情欲生活》（明治四十二年，1909年）。当然这本书里也谈到了克拉夫特·埃宾和性科学。

舶来品"变态性欲"

哈夫洛克·蔼理士将自恋（narcissism）和自体性欲（autoerotism）体系化，并因《性心理学（全六卷）》（*Psychology of Sex*，1897—1928年）闻名于世。这部皇皇巨著是一本关于性心理的百科全书。弗拉迪米尔·纳博科夫（Vladimir Nabokov）的《洛丽塔》（*Lolita*，1955年）就是受书中一个俄罗斯人病例所启发。令人意外的是，宫泽贤治也深受蔼理士性学相关作品影响。有传闻说他实际上是个同性恋，所以终身未娶、守身如玉。也许是笔者孤陋寡闻，我至今尚未发现从性学观点研究宫泽贤治诗歌和童话作品的专著。或许这在宫泽贤治研究学界仍被视为禁忌。不过即使有相关研究，写出来的论文估计也是还原主义式的、索然无味的。

作为"性倒错"的病例，《性心理学》收录了大量"经历自述"。这些"自述"对日本的自然主义文学影响颇大。在当时一般读者眼中，田山花袋的《棉被》（明治四十年，1907年）就是一部喜欢暴露自身丑恶的作家的"经历自述"。当时有名的"出齿龟事件"[①]发生时，街头巷尾议论纷纷，都说这可以成为一个绝佳的自然主义文学素材。

蔼理士学识渊博，除了性科学，他对梦、毒品和文艺也有浓厚的兴趣（都是无意识的世界）。他以著名作家、画家和学者为实验对象，开展临床调查研究。相关著作中，《梦的世界》（*The World of Dreams*，1911年）曾被翻译介绍到日本。

蔼理士的真实人生也精彩无比。他埋头研究性科学与其自身的遗精烦恼有关，更关键的原因是他有嗜尿症。他喜欢偷看美女排尿，还将其尿液称为"黄金圣水"。诱发这一"变态性欲"的是他幼儿时期看过母亲小便的经历。据他说，那是"无与伦比的美的体验"。还有传言说他的妻子是同性恋。总之，蔼理士不乏奇闻逸事，是英国特有的怪才之一。

以克拉夫特·埃宾和蔼理士的性学书籍译介为发端，西方的性欲、爱欲（eros）概念传入日本。在人们诧异和好奇的目光中，这些关于性的科学言论很快作为"变态性欲""变态心理"传遍大街小巷。尤其是大正末期至昭和初期最为火热。在这一大

---

① 出齿龟事件：1908年，东京一名年轻女性在回家途中惨遭奸杀。两周后，一个名为池田龟太郎的男子作为嫌犯遭到逮捕。虽然池田坚称无罪，最终还是服刑13年。池田因一口龅牙，被称为"出齿龟"。在媒体报道下，池田的偷窥恶习臭名远扬。"出齿龟"因此在日本成为偷窥狂的代名词。

怪异猎奇：世界推理小说全史

《变态性欲》创刊广告

背景下，日本文学界迎来了色情怪诞无稽的时代。

明治四十四年（1911年），内田鲁庵在《论性欲研究之必要》中如此写道：

性欲与生物学、心理学、人类学等有着莫大的关系。如果要研究人，则必须研究性欲。

谷崎润一郎和佐藤春夫就是顺应这一潮流，以异常犯罪事件和诡异行动为题材，探索人的深层心理，尝试创作出风格独特的侦探小说。江户川乱步则继承他们的衣钵，构建了更加魔幻的"变态世界"。

顺便提一下，如果要详细了解日本对"变态性欲"和"变态心理"的接受和发展，可以阅读竹内瑞穗和"美塔莫研究会"编著的《"变态"的千颜万面 另一个近代日本精神史》。

第12章

乱步与色情怪诞
无稽的时代

大正十二年（1923年）江户川乱步在《新青年》亮相，开启了日本侦探小说的第一个黄金时代。这段黄金期一直持续到昭和二年（1927年）。

关东大地震就发生于大正十二年。实际上，这场前所未有的震灾与侦探小说的隆盛关系匪浅。因为在某种意义上，大地震开启了日本真正意义上的现代化，都市文明和产业社会自此蓬勃兴起。

江户余韵盎然的明治街景在地震中化为废墟，震后欧美风格的街区出现在关东大地。以木材、泥土和纸张为建筑材料的开放式布局的房屋，变成了各个房间可分别上锁（为制造密室创造了可能）的钢筋混凝土大楼。东京的文化中心从上野、浅草转移至银座。咖啡店、酒吧、娱乐城、餐厅、歌舞厅、电影馆、商店橱窗和休闲娱乐街等吸引着人们漫步银座街头。于是"人群中的人"诞生了，风俗行业也诞生了。

帝都东京的改头换面不仅体现在外观上，其内在本质也发生了变化。新鲜事物如决堤之水一般涌入人们的日常生活——咖啡啤酒、面包黄油、西装领带、西式烟斗，还有银幕上外国女郎的时装。日本人迎来了物质主义和消费社会，其根源是资本主义的理性主义。这是从大正浪漫到昭和摩登的升级，也是从颓废主义到新客观主义的转变。

居住在这一全新大都会的"新中产阶级"和单身的"高等游民"（名侦探明智小五郎也是其中之一）都染上了一种病——百无聊赖病，也就是"都会的忧郁"。

想来这种症状为倦怠和抑郁的疾病，其实也是18世纪英国哥特浪漫小说诞生的主要原因之一。为了摆脱百无聊赖，英国人选择前往欧洲大陆旅行，从而产生了一种关于美的新概念——崇高美，也就是恐怖之美。哥特浪漫小说其实就是将这种美诉诸文字的产物。

在日本，人们为了逃避空虚无聊的日常生活，企图从侦探小说中寻求慰藉。那个世界越是刺激、猎奇和妖异，就越容易被人

　　　　　　怪异猎奇：世界推理小说全史

接受。此时满足大众内心渴望的就是"变格"作品——充满色情怪诞和颓废之美的作品。

被肢解、被客体化的女性身体

把猎奇杀人事件写得耸人听闻的首推乱步。他将年轻女性作为性犯罪的受害者，巧妙地表现色情怪诞。故事的对象清一色都是风靡一时的摩登女郎。当时摩登女郎是大都会一道靓丽的风景线，是摩登都市文化华丽的象征，甚至有人说从地方来大都会，没见过摩登女郎就是白来一趟。

摩登女郎其实包括两类人，一类是职业女性，另一类是追求享乐的妙龄少女。后者发型妆容与欧美同步，身着潮流时装，阔步于银座街头，流连于橱窗之外。

职业女性则是知性的新女性，她们秉承平冢雷鸟"青鞜社"①的精神，敢于表达自我，勇于逃脱家庭束缚，追求生活独立，拒绝对男性言听计从，拥有强烈的自我意识。与此相比，追求享乐的少女们被称为日本版"飞来波女郎"（flapper）②。她们打扮性感，文化素养欠缺，受欧美风潮影响颇深，认为应当纵情享受青春。吸引大众好奇目光的是后者。当时一幅题为《摩登女郎的随身物品》的漫画非常有名。根据这幅漫画，避孕用品、壮阳

---

① 青鞜社是日本评论家、妇女运动领导人平冢雷鸟于 1911 年发起的妇女组织，其主要目的是发展妇女文学和争取妇女解放。

② "飞来波女郎"是指 20 世纪 20 年代西方新一代的女性。

小林清绘《摩登女郎的随身物品》

药、当票、假名片和日英字典等是她们的必备之物。

也就是说，在普通大众眼里，她们不过是面貌一新的站街女。这么说可能不太恰当，其实当时很多人都认为摩登女郎就是援交女。这种误会的产生与她们的职业有关。她们很多人都是咖啡店的服务员或娱乐城的舞女，主要收入来自客人的小费。所以一些人就浮想联翩，认为她们要得到更多收入，就不得不提供各种"热情周到的服务"。

知性的、崇尚个人主义的职业女性和追求享乐的性感少女逐渐被视为一丘之貉，统称为摩登女郎。那么大正末期开始出现的摩登女郎——新女性们为什么会成为乱步作品中猎奇杀人事件的受害者呢？

因为她们是父权制社会的反叛者，颠覆了自古以来"贤妻良母"——说得英伦风一点，就是"家庭天使"（The Angel in the House）的形象，使男性主宰一切的社会价值观开始分崩离析，所以必须残杀摩登女郎，以儆效尤。

故事中，摩登女郎的尸体几乎都暴露在众目睽睽之下，且很多是一丝不挂。商场、水族馆、博览会、游乐场、街角的橱窗和魔术秀的舞台等都可以成为公开行刑之地、枭首示众之所。

而且很多被展示的女尸都是死无全尸。喜欢乱步的读者应该在《一寸法师》（大正十五年，1926年）、《蜘蛛男》（昭和四年，1929年）、《魔术师》（昭和五年，1930年）、《盲兽》（昭和六年，1931年）和《妖虫》（昭和八年，1933年）等作品中读到过此类场景。此外短篇小说《白日梦》（大正十四年，1925年，以有田药品商会为原型）中也有相关描写。

摩登时代可以说是切割、分割、碎片的文化。通过与古旧切割、与传统分割、与固有意思和概念割离来创造新的事物。比如电影拍摄中的分镜头或者前卫的超现实主义手法拼贴艺术（collages）就属于此类。两者都属于先碎片化，再将其重新组合的编辑术。超现实主义艺术家们还用拼贴叙事法发明了一个小游戏，名字起得贴切巧妙，就叫"优美的尸体"[①]（Exquisite Corpse）。

---

① "优美的尸体"游戏规则是，三人以上玩家根据规则依次在纸上写一个词（例如依次写下形容词、名词、副词和动词），写完后把纸折叠盖住文字，然后传给下一位继续写。由于不知道上一位写的内容，最后得出的句子往往前言不搭后语，人多的话还能写出荒诞的短篇故事。

优美的尸体（女性裸体）被肢解得七零八落（碎片化），姿态极富情欲（色情怪诞）。说得戏谑俏皮一点，就是如此。

奥古斯特·罗丹（Auguste Rodin）是用雕塑表现手、胳膊、脚和裸体的集大成者。白桦派[①]及其主要成员高村光太郎把这位近代雕刻的始祖介绍到了日本。高村也曾模仿罗丹制作过碎片化身体的铜像。那个时代也是白桦派和高村光太郎活跃的时期。

或者说碎片化的身体只是一个客体（object），属于当时前卫艺术运动之一的新客观主义。新客观主义从主张破坏一切的达达主义派生而来，富有反叛精神的乔治·格罗斯（George Grosz）就是新客观主义的知名代表画家。他将人视为纯粹的物体、物质的部分、客体，留下了大量爱欲与暴力浑然一体的杀人题材画作。20世纪20年代，村山知义将格罗斯介绍到日本。村山有多重身份——前卫艺术家、表演艺术家、舞台美术家和建筑家，等等。不过或许现在很多人只知道他是长篇历史小说《忍者》（昭和三十七年，1962年）和《新选组》（昭和四十九年，1974年）的作者。

当时的广告大量使用被切割、碎片化和被客体化的性感女性身体的流行表象。开先河的是大正十一年（1922年）的"赤玉波特酒"海报。这张海报作为日本最早出现裸体的广告，非常有名。

海报上写着"美味 滋养"，不知说的是葡萄酒还是裸女。不

---

① 白桦派是日本近代文学中的一个重要流派，由同人刊物《白桦》而得名。

《赤玉波特酒》海报　　　　　阿姆波尔《拖鞋》

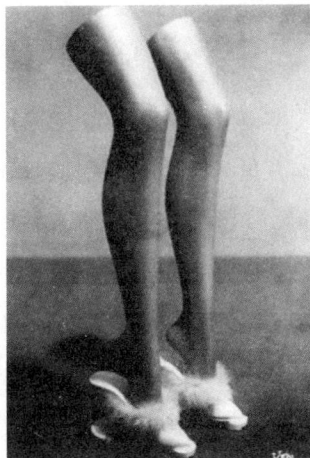

管怎样，海报都在告诉人们，裸女是"值得品味的消费品"的表象，映射出资本主义社会男性的欲望。这是男性对摩登女郎、对其被切割并成为展品的身体投去的好奇目光（猎奇妖异）。奥托·阿姆波尔（Otto Umbehr）的《拖鞋》（1928年）、20世纪30年代的汉斯·贝尔莫（Hans Bellmer）的球形关节人偶和马塞尔·杜尚（Marcel Duchamp）的遗作《给予：1.瀑布；2.照明的煤气灯》（法语：Étant donnés: 1° la chute dʼeau / 2° le gaz dʼéclairage，1944—1966年）等作品都表现了被切割、被客体化的充满情欲的女性身体，其背后就是充满欲望的男性凝视。

杂志《新青年》的摩登化与乱步的休笔

但是，作为当时社会意识的摩登感性并非仅有色情怪诞，还有荒诞无稽。最早捕捉到都市文化中这一时代精神的是《新青年》的第二任总编、年仅25岁的横沟正史。

说到横沟正史，很多人对他的印象是融民俗传说和猎奇幻想为一体的侦探小说作家，此类作品的代表作包括《犬神家族》(昭和二十五年，1950年)、《八墓村》(昭和二十四年至二十六年，1949—1951年) 和《恶魔吹着笛子来》(昭和二十六年，1951年)。但年轻时的他是个喜欢幽默和喜剧短故事的摩登公子。

迎来横沟正史总编后，《新青年》的版面焕然一新，并从昭和二年（1927年）3月号开始脱胎换骨。在此之前，《新青年》作为侦探小说杂志受到关注，改头换面之后成为主打无稽幽默、介绍最新文化资讯的男性杂志。不过杂志仍然继续刊登侦探小说，只不过数量有所减少。

江户川乱步在其漫长的作家生涯中曾三度休笔。据本人说，真正执笔创作的时间只有十年左右，其余时间都在休息。第一次休笔是昭和二年至昭和三年。由于巨星隐去和《新青年》改弦更张，侦探小说的第一个黄金时代就此结束。关于这段时期，乱步曾在与横沟正史的一次对谈中（《宝石》昭和二十四年9月、10月合刊）如此说道：

江户川： 因为你开始在《新青年》搞无稽风，我就放弃了。

横沟： 关于那段时期的事情，我也有话要说。就是通过那段时期，我才知道江户川乱步是个多么任性的人。（笑声）我一开始搞摩登，你就很生气。你那个时候心脏也不够强大。你生气、沮丧，然后就不写了。后来我翻译了休姆的《双轮马车的秘密》放上去。之前我光搞摩登，你一看我发了休姆的作品，特别高兴，还给我写信说这个不错。收到信，我想这家伙还有希望，就去了你家，拿到了《阴兽》的稿子。

江户川： 总之看到无稽风，我就感觉侦探小说的时代结束了。在摩登公子的无稽趣味面前，一本正经的侦探小说就显得很不搭调。

横沟： 当时某种程度上的无稽也是必要的。不管怎么说，你就是太霸道了，总希望《新青年》的每个边边角角都按你的想法编排。（笑声）

关于第一次被迫休笔的缘由，乱步在随笔《后台故事》中写道：

说实话，让我写不出东西来的就是《新青年》。横沟君主张的摩登主义这个怪物把一直以来的侦探小说赶到了非常难堪的境地。现在得是勒布朗，不然也得是里柯克、伍德豪斯，乃至卡米，再高雅一点得是法式短篇小说，不然感觉就没法在《新青年》上露脸。摩登主义很阳光，所以它对老派俄罗斯式的阴郁是很轻蔑的。摩登主义也很乐观，所以它对世纪末的颓废思想也很轻蔑。也就是说，像我这样自暴自弃、没有自信的钝物，就该像昨日幽灵一样立即退场，如梦无痕。

战后横沟正史读到此文大为惊愕，在随笔《谈〈帕诺拉马岛奇谈〉和〈阴兽〉的创作》（杂志《幻影城》昭和五十年7月增刊"江户川乱步的世界"）中如此写道：

"现在的《新青年》那种摩登杂志，已经不适合我这类作家了。"

我记得当时听乱步说过好几次类似的话。说实话，我真没想到乱步的被害妄想症如此严重，没想到对我如此恨之入骨，甚至要向我复仇。我之所以要把《新青年》完全改造为摩登的、时尚男性风的杂志，是因为我有我的主张和意见。这里不详谈。我认为摩登趣味和侦探小说可以兼得，《新青年》也一直需要乱步。这些他应该是知道的。

乱步的休笔不能完全怪罪于《新青年》的无稽路线、摩登化。大正十五年（1926年）至翌年，乱步在《朝日新闻》上连载《一寸法师》（单行本刊于昭和二年）。对这部作品，乱步自己都心生厌恶。这其实也是其休笔的原因之一。出道之初，乱步希望侦探小说的本质是"学问与艺术的结合"，但结果自己的作品远离了当初的理念，堕落为色情怪诞恶俗趣味的通俗小说，他对自己十分失望。

而且放眼四周，作家们都在不遗余力地描写"猎奇妖异"，刺激大众低俗好奇心的山寨版乱步作品被大量炮制出来。乱步也看到一些文艺批评感叹诉诸读者知识趣味、文学性较高的侦探小说缺位，甚至有人将乱步称为"不健全派"的旗手。看到自己被视为令文艺颓废的罪恶根源，乱步难免灰心丧气。

变态心理催生《阴兽》

但是，正如横沟正史在上文与乱步的对谈中所说，乱步在搁笔一年半之后，就带着《阴兽》这份礼物重返《新青年》（昭和三年8月临时增刊号—10月号）。这部中篇刊出后，成为当时《新青年》杂志史上最具话题性、最受欢迎的作品，连载的三个月期间，杂志期期加印。

故事的主人公是"本格"侦探小说作家寒川。他在博物馆与美丽的已婚女子小山田静子相遇。由于静子是寒川的忠实读者，两人开始了书信往来，并逐渐相互熟悉。一天，静子向寒川寻求帮助。原来静子正在被一个叫平田一郎的男子威胁。静子曾与平田短暂相恋，后来主动与之分手，而且这个平田似乎就是寒川的竞争对手——笔名大江春泥的"变格"侦探小说作家。因为寒川对静子已经萌生出朦胧的爱意，同时也对这个从不公开露面的神秘作家非常好奇，于是便试图找到他的居所，让他停止威胁静子。然而，果然平田如所威胁的那样，静子的丈夫惨遭杀害……

乱步的读者都知道，故事叙述者"我"（寒川）的原型是"本格"旗手甲贺三郎，写作"变格"作品的变态作家大江春泥则以乱步本人为原型。这从小说中大江春泥的作品标题——《一钱铜币》(《二钱铜币》)、《屋脊里的游戏》(《屋脊里的散步者》)、《帕诺拉马国》(《帕诺拉马岛奇谈》)也能一目了然。作品中随处可见乱步早期作品中的想法主意、犯罪手法、意象题材和情迷之物，可以作为一部自发戏仿作品欣赏。有意思的是——此处有剧透——乱步选择女性作为杀人犯。

女性都是变态心理犯罪者的说法在当时大行其道，也就是说女性是"天生犯罪人"。这一伪科学言论的元凶是一系列的犯罪学书籍。也就是之前已经介绍过的，以龙勃罗梭的犯罪人类学和埃宾、蔼理士的性学为基础的"变态性欲"和"变态心理"。

《阴兽》发表翌年，即昭和四年（1929年），《近代犯罪科学全集（全16卷）》开始发行。因全集热销而底气十足的出版方，又借着色情怪诞无稽和真实猎奇犯罪受到热议的东风，于昭和五年（1930年）创办了《犯罪科学》杂志。虽然所刊文章的体裁是学术论文，但实际内容却充满色情，满足了大众的猎奇趣味。很多出版社纷纷步其后尘，相继创办"犯罪实录"类的杂志。同年，《刑罚变态性欲图谱》作为《近代犯罪科学全集》的别卷出版。出版方乘着这股流行热潮，又在昭和六年（1931年）发行了

《性科学全集（全12卷）》。收录作品中的丸木砂土（本名秦丰吉）的《世界艳笑艺术》、日夏耿之介的《吸血妖魅考》和正木不如丘的《人性医学》等，时至今日仍有一读的价值。

中村古峡的《变态心理》（大正六年，1917年）和梅原北明的《变态资料》（大正十五年，1926年）等杂志在昭和初期与犯罪和性有关的猎奇趣味出版物中发挥了先驱作用。《阴兽》以这些先行调查研究为基础，塑造了出人意表的犯人形象，作为"变格"侦探小说，为昭和初期色情怪诞无稽作品的红火燎原发挥了星星之火的作用。然而，正如《近代犯罪科学全集》第5篇、野添敦义的《女性与犯罪》中详说的那样，女性是天生的犯罪人、天生的心理变态者——就像《阴兽》中的女凶手那样——已作为被"科学"证明的既成事实而被大众接受。

与乱步的虚拟世界相似的真实事件

对男性来说，科学理性时代的最后一个重大未解之谜是女性心理。为了寻找答案，他们打开了女性的身体。西欧人在18世纪末就制作出精致的人体解剖蜡像，蜡像都是年轻美丽的女性，即所谓的"解剖学维纳斯"（Anatomical Venus）。蜡像的首要目的当然是医学研究，但作为一种稀罕物品展示使其博得了人气。

人体蜡像揭示了表层的皮肤和肌肉下面隐藏着的深层内容（真相）。之前也已经说过，侦探活动与医学研究本质上有相通之处。这种一窥堂奥的行为背后正是充满欲望的男性视线。医生

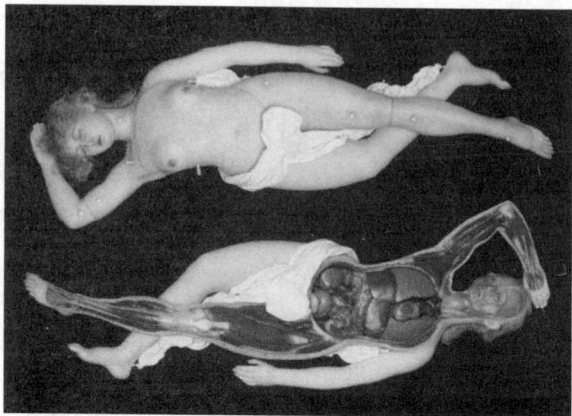

"解剖学维纳斯"

用手术刀划开人体时的视线与猎奇犯罪分子分尸时的视线在本质上是相同的。划开、肢解和解剖都是为了一探究竟。"分开才见分晓"。

日本最早的犯罪心理学家寺田精一在《妇女与犯罪》（大正五年，1916年）中指出月经、歇斯底里症与犯罪之间存在关系。他极力主张正是这些女性特有的生理现象（当时歇斯底里症被认为如此）驱使其走上犯罪道路。他还认为冷酷、急性子、不道德、不诚实、虚荣心和嫉妒心强是女性的精神特征，只不过常常被母性、怜悯之情、知性不足和精神虚弱等"中和"。但如果母性等桶箍松开，女性就会成为罪犯，露出残暴不仁的恶魔面孔，干出虐待或杀人的勾当，甚至令男性罪犯汗颜。

毋庸赘言，这种观点出自对龙勃罗梭学说的真心认同。其实

怪异猎奇：世界推理小说全史

当时的很多法医学家和心理学家都持有相同观点。学识渊博的医学家、侦探小说作家小酒井不木在评论《近代犯罪研究》（大正十四年，1925年）中写道：经期女性容易撒谎，进入歇斯底里的变态心理状态后尤甚。"女人都是谎话精"这种暴言恶语是大正时代犯罪学家捏造出来的产物。这些学说主张无疑就是《阴兽》中故事的社会背景。

《阴兽》发表之后，乱步笔耕不辍，接连发表新作，这些作品真正代表了乱步的小说世界。昭和四年（1929年），乱步发表《芋虫》（《新青年》1月号）、《孤岛之鬼》（《朝日》1月至翌年2月）和《与贴画一同旅行的男子》（《新青年》6月号）；昭和五年（1930年），同时在报纸杂志上连载《猎奇之果》《魔术师》《吸血鬼》《黄金面具》四部作品；昭和六年（1931年），同时连载《盲兽》《白发鬼》《恐怖王》《地狱风景》《鬼》。考虑到有些作品的连载是跨年完成，其间还发表过其他短篇作品，这几年乱步的创作量巨大。因此昭和七年（1932年），乱步二度宣布休笔。

巧合的是，日本犯罪史上有名的"玉井杀人分尸案"就发生在1932年。这桩离奇命案迷雾重重，甚至有传言称犯人是江户川乱步。同年，爱知县还发生了"无头女尸案"，死者同样被分尸，乳房和下体被挖走。由于死状惨不忍睹，这起案件也被称为"阴兽事件"。犯人在行凶后上吊自杀，自杀现场的画面同样异常骇人。犯人披着从被害女孩脸上扒下的皮，身上的钱包里还有女孩的两颗眼球。

在这样一个追逐色情怪诞无稽的时代，乱步的虚构世界和现实之间的界限开始模糊不清。在这一潮流下，离奇至极的女性杀人案"阿部定事件"（昭和十一年，1936年）的发生似乎就成了一种必然。同年还发生了"向岛连环少女被杀案"，少年犯供述称自己是受平日阅读的侦探小说所影响。乱步对这些杀人案感到厌倦并决定搁笔也情有可原。

第*13*章

从侦探小说到推理小说，
再到 Mystery

　　《新青年》从乱步出道的大正十二年（1923
年）开始，仅用四年时间便开启了原创侦探小
说的黄金时代，也培养了众多怪才、鬼才、奇
才和英才作家。不过虽说是侦探小说，实际上
大半都是"变格"，也就是怪奇幻想作品。其
中堪称代表的就是世所罕见的作家梦野久作。

　　如今，梦野久作无疑可以称为异端作家。
他的多部短篇作品风格妖艳怪诞，如《死后之

恋》(《新青年》昭和三年10月号)、《瓶装地狱》(《猎奇》昭和三年10月号)和《贴画的奇迹》(《新青年》昭和四年1月号)。长篇杰作《脑髓地狱》(未经连载直接出版，昭和十年，1935年)堪称天下奇书，甚至可以跻身于世界文学名著之林。这些作品为他赢得了不输乱步的超高人气。

大正十五年(1926年)，《新青年》举办原创侦探小说征文比赛，久作以《妖鼓》(刊载于10月号)获得二等奖并借此出道。但其实久作在此之前就已开始发表作品。他供职于家乡的《九州日报》期间，在该报发表了大量短篇童话，据说数量达到一百四十四篇之多。

在久作众多的童话作品中只有一部长篇，作品题为《白发小僧》，或为自费出版。大正十一年(1922年)，该作直接以单行本形式出版，署名杉山萌圆[①]。《白发小僧》是一部前卫的奇幻作品，在叙事结构上与有烧脑小说之称的《脑髓地狱》非常相近。有人评价《脑髓地狱》说"全书读完后会精神失常"，而横沟正史也曾说过"(看完后)心情烦乱，半夜暴躁不堪"。

关于《白发小僧》，读者看法因人而异。有人认为这部作品异想天开、颠三倒四的难解风格更甚于《脑髓地狱》。这部"面向孩子的童话"故事梗概如下。

[①] 梦野久作本名杉山直树，后改名杉山泰道。

流浪汉白发小僧有一头雪白发亮的银丝。一天，他正在河边的树荫下打盹儿，突然发现一个美丽的千金小姐掉进水里。救出姑娘后，姑娘父亲邀请他前往豪宅做客。在接受盛情款待时，姑娘拿出了一本书，称书上记载着此前业已发生的和今后即将发生的事情，甚至还有白发小僧的真实身份。原来白发小僧是某个国家的国王，被四个邪恶的妖怪霸占肉身。现在王宫里的国王是假冒的，真正的国王正以白发小僧的形象浪迹天涯……

实际上《白发小僧》的故事并不像上文介绍的这么平铺直叙、简单明了。概括这个故事几乎是不可能的。虽然作品被打上了童话的标签，但其实是写给成年人看的。而且故事结构非常复杂，很多读者读到一半就开始不知所云、无法卒读。这到底是怎么回事？

20世纪20年代，以相对论闻名的阿尔伯特·爱因斯坦（Albert Einstein）于1921年获得诺贝尔物理学奖。自此开始，尼尔斯·玻尔（Niels Bohr）的"互补理论"和沃纳·海森堡（Werner Heisenberg）的"不确定性原理"及1931年库尔特·哥德尔（Kurt Godel）的"不完备定理"等理论使得量子物理学和数学的范式相继发生变化。结果，近代知识的"确定性"神话开始动摇，人们开始主张各种层面真实存在的"模糊性"，甚至有人认为客观的、铁板一块的现实根本不存在。这种认知逐渐成为时代的共识。

比如放眼《白发小僧》刊行的1922年，宫泽贤治的《春与阿修罗》和稻垣足穗的《一千一秒物语》正在杂志连载。单行本方面，内田百闲的《冥途》和松永延造的《食梦人》同年发行，前者描写了梦、幻想和怪异的世界，后者则讲述了深层心理的噩梦。值得一提的是，同年爱因斯坦访问日本，全日本掀起了一阵"爱因斯坦热"。

再把目光转向西欧。艾略特的反传统诗作《荒原》(*The Waste Land*) 和詹姆斯·乔伊斯 (James Joyce) 的反传统小说《尤利西斯》(*Ulysses*)，还有路德维希·维特根斯坦 (Ludwig Wittgenstein) 的《逻辑哲学论》(德语：*Logisch-Philosophische Abhandlung*) 的英译本都诞生于1922年。而在前一年，路易吉·皮兰德娄 (Luigi Pirandello) 发表了"剧中剧"的杰作《六个寻找剧作家的角色》(意大利语：*Sei personaggi in cerca d'autore*)。之后的1925年，安德烈·纪德 (André Gide) 创作了"故事中故事"的代表长篇作品《伪币制造者》(法语：*Les Faux-monnayeurs*)。

大正时代，电影作为新兴艺术引起了文化人和作家的莫大兴趣。罗伯特·威恩 (Robert Wiene) 导演的德国表现主义电影杰作《卡里加里博士》(德语：*Das Cabinet des Dr. Caligari*, 1919) 于大正十年（1921年）在日本公映。新感觉派制作的日本首部前卫电影《疯狂的一页》(衣笠贞之助导演，川端康成编剧) 于大正十五年（1926年）公映。有人认为，或许两部电影都对梦野久作的《脑髓地狱》产生了影响。

总之，从这个阶段开始出现以现实世界的"模糊性"、"不确定性"、"相对性"和"多样性"为认识基础，关于认知感觉与表象行为的自我指涉作品。如果将《白发小僧》置于这一潮流，我们会惊讶地发现，远东岛国日本在文化和思想领域与世界是同步合拍的。

《白发小僧》中虚实真伪交错、主客观相互作用产生了悖论，这部作品的主题就是以悖论形式出现的关于"现实世界"的谜团——什么是"世界"？

梦野久作在很多其他作品中执拗地试图解读什么是"我"。可以说，什么是"我"与什么是"世界"是一对互为表里的主题。因此，在《白发小僧》中，"薛定谔的猫"的世界中产生的身份摇摆通过分身、赝品、化妆、镜像等众多形象而表现出来。

为了讲述充满不确定性的"世界"，梦野久作使用了"嵌套"结构和"错视画"式的叙事方式，从而让读者陷入认识的混乱状态。也就是通过叙事欺骗读者，采用奇法怪术讲述故事。

"中国盒子"（机关盒）式的叙事方法也被称为"镶嵌法"，这种叙事形式古已有之。比如从家喻户晓的《天方夜谭》（9世纪左右）开始，吉姆巴地斯达·巴西耳（Giambattista Basile）的传说故事集《五日谈》（意大利语：*Pentamerone*，1634—1636年）、扬·波托茨基（Jan Potocki）的怪奇幻想小说古典名作《萨拉戈萨手稿》（法语：*Manuscrit trouvé à Saragosse*，18世纪左右）以及很多哥特浪漫小说都采用了这种叙事形式。德国浪漫主义作家霍夫曼的《布拉姆比拉公主》（德语：*Prinzessin Brambilla*，1820年）亦是如此。

印度最古老的寓言童话集《五卷书》（梵文：*Panchatantra*，3世纪左右）也是俄罗斯套娃结构。梦野久作的童话创作也从中借鉴过若干故事。

尽管名义上是童话，但这种多重嵌套式的叙事形式通过大量使用"错视画"手法和"可变现实"手法（所谓"亦梦亦真亦幻"的叙事），使得故事复杂怪诞难以理解。

使用这种叙事方式，不仅叙事部分与书中角色所讲故事（还有书中角色所讲故事中的故事）难以区别，就连书中人物所处的现实世界与他们梦境之间的界限也模糊不清。而且往往最后连梦的主人也难以辨别，不知道到底是自己做的梦，还是自己入了别人的梦？也就是"庄周梦蝶"的状态。整部作品简直就是一座虚实交错、颦眉苦思的迷宫。

阅读行为变成讲述行为，又蜕变为书写行为，如此最终形成一个圆环，形成思考的梦幻和无间地狱的世界。《白发小僧》向读者（侦探）展示了现实世界本身就是一个巨大的谜团，实在是一部领先时代的野心之作。在这部作品中，梦野久作充当了犯人角色，在他的难解故事这一巧妙的"犯罪"手法面前，我们这些身为侦探的读者败下阵来。这本书还是一部未竟之作。也就是说，犯人掉入自己设下的机关，无法动弹。所以《白发小僧》也属于犯人即受害者的作品。

始于梦野久作的第二个侦探小说黄金时代

昭和八年（1933年），日本的侦探小说开启了第二个黄金时代，这波新的浪潮一直持续到昭和十三年（1938年）。勇立潮头的两部杰作是梦野久作的《脑髓地狱》和小栗虫太郎的《黑死馆杀人事件》。巧合的是，两部作品都发行于同一年——1935年。

当时在美国正是"纸浆杂志"（Pulp Magazine）的隆盛期。达希尔·哈梅特（Dashiell Hammett）和雷蒙德·钱德勒（Raymond Chandler）创作出美国独特的硬汉派（Hard-boiled）侦探小说。这类小说最早刊登于杂志《黑色面具》（*Black Mask*）。在怪奇幻想小说领域以克苏鲁神话（Cthulhu Mythos）闻名的霍华德·菲利普·洛夫克拉夫特（Howard Phillips Lovecraft）成为杂志《荒诞传奇》（*Weird Tales*）的招牌作家。世界首部专业科幻小说杂志《惊奇故事》（*Amazing Stories*）也发行于这一时期。

纸浆杂志色彩浓艳、趣味恶俗、情欲横流的封面与当时日本的色情怪诞文化简直完全同步。虽然作品类型各异，但几乎所有纸浆杂志的封面都是半裸美女受虐的图案，类似日本的"无惨绘"①。当时，继承"无惨绘"传统的是伊藤晴雨。在美国，纸浆

---

① 无惨绘是江户时代流行的一种浮世绘，不同于普通浮世绘的清新秀丽，无惨绘的主题大多是鬼怪杀人、英雄杀妖怪或战争等血腥场面。

杂志封面图案则是以法国格朗吉涅勒剧院（Grand Guignol）的剧场海报为范本。

第二个黄金时代的领头人是小栗虫太郎和木木高太郎两位新人作家。

昭和八年（1933年），小栗虫太郎凭借发表在《新青年》(7月号)上的《完全犯罪》出道。这部作品以百科全书般的知识和高超的严密逻辑展开，成为日本首部本格密室杀人事件小说，令世人瞠目。

翌年昭和九年（1934年），小栗虫太郎开始在《新青年》上连载《黑死馆杀人事件》。这部长篇作品后来成为其代表作，至今仍受到热烈追捧。作品进一步升级了《完全犯罪》中的"炫学"（pedantry），也是一颗定时的知识炸弹。很多读者在中途就被爆阵亡了——超级难懂。"虽然没看懂，但感觉很厉害""虽然没看懂，但挺有意思的"，作品烧脑难解却收获了好评如潮。

江户川乱步高度称赞《黑死馆杀人事件》是"以怪奇犯罪史、怪奇宗教史、怪奇心理学史、怪奇医学史、怪奇建筑史和怪奇药物史等学问为炫目的纬线，以逆说、暗喻、象征等抽象逻辑为五彩的经线精心编织而成的一幅曼陀罗画"，但他也直言"我也没怎么看懂"。据说当时能读懂这本百科全书般奇想侦探小说的只有幸田露伴一人，他被称为跨越明治、大正、昭和时代的知识巨人，同时精通神秘主义。

格朗吉涅勒剧院的海报

纸浆杂志的封面

媲美《脑髓地狱》的烧脑侦探小说《黑死馆杀人事件》发表的昭和九年（1934年），木木高太郎的处女作《网膜脉视症》在《新青年》（11月号）上刊载。这部作品以精神分析为题材。从明治三十年（1897年）开始，弗洛伊德的精神分析学逐渐被部分日本心理学家知晓，但受到广泛关注是在大正末期至昭和初期。具体而言，精神分析学在日本广泛传播始自昭和五年（1930年），是年《弗洛伊德精神分析大系》和《弗洛伊德精神分析学全集》由两家出版社分别同时发行。

木木高太郎是医学博士，曾是庆应义塾大学医学部教授，专业是大脑生理学。他以医学知识为写作基础的风格，大大激发了读者对知识的好奇心。同时有血有肉、富于情趣、有真实感的人物角色也赢得了读者的共鸣。评论家称赞他率先在侦探小说中塑造了会思索、有行动的活生生的人物角色。

木木高太郎还是主张侦探小说艺术论的作家之一，其就此话题与甲贺三郎的争鸣非常有名。他认为一部侦探小说只有具备了谜团设计、逻辑思考、谜团解开这三个条件才能称得上是一部优秀的、有艺术性的小说。木木高太郎在其代表作《人生的傻瓜》（《新青年》昭和十一年1月号—5月号连载）中践行了自己的高论。发表当年，该作品获得直木文学奖，使木木高太郎成为第一个获此殊荣的侦探小说作家。

小栗虫太郎和木木高太郎等长篇本格推理作家出现（同时，也出现了能够接受他们作品的读者）的背景是美国作家范·达因作品的发表。范·达因以《主教杀人事件》（*The Bishop Murder Case*，1929年）闻名，其作品中最早被翻译为日语的是连载于《新青年》（昭和四年6月号—9月号）的《格林家杀人事件》（*The Greene Murder Case*，1928年）。之后，《班森杀人事件》（*The Benson Murder Case*，1926年）和《金丝雀杀人事件》（*The Canary Murder Case*，1927年）等单行本译作也由多家出版社分别出版。范·达因的作品被评价为"本格中的本格""侦探小说的范本"，并在日本得到快速传播。

受业余侦探菲洛·万斯之父范·达因影响最深的两位作家是小栗虫太郎和滨尾四郎。不过，坂口安吾对小栗虫太郎等人的评

怪异猎奇：世界推理小说全史

价非常刻薄："侦探小说本来素材就很贫乏，受范·达因的不良影响，他们就靠炫耀学问来糊弄。"

滨尾四郎原本是律师，他于昭和四年（1929年）在《新青年》（1月号）上发表处女作《他是杀人凶手吗?》，比小栗虫太郎早了一步。充分利用自己的法学知识创作故事本是滨尾四郎的看家本领，但在读了范·达因的作品后，他成了纯粹本格侦探小说的原教旨主义者。他立志成为日本的范·达因，写下本格长篇《杀人鬼》（昭和六年，1931年）和《铁锁杀人事件》（昭和八年，1933年）。这两部作品作为第二次世界大战前的本格小说被视为巨大的收获。尤其是把《杀人鬼》和乱步的《阴兽》比较阅读是一件乐事。韩国惊悚悬疑电影杰作《爱的肢解》（*Tell Me Something*, 1999年）的创意或许就源于这部作品。

在第二个侦探小说黄金时代，其他值得铭记的作家还有久生十兰。十兰最初与狮子文六、渡边温、水谷准、谷让次（牧逸马、林不忘）等人一道，走的是无稽路线，创作过《黄金遁走曲》等幽默小说。后来从《金狼》（《新青年》昭和十一年，1936年）开始挑战悬疑风味十足的侦探小说，还写出了一部摩登都市文学的杰作《魔都》（《新青年》昭和十二年至十三年，1937—1938年）。《魔都》文体流畅而华美，颇具传奇风味。前面已经提过，他曾翻案《吉格玛》和《方托马斯》，还创作了历史小说《颚十郎捕物帐》和《平贺源内捕物帐》等作品。十兰不仅是一个优秀的短篇小说作家（《母子像》曾在1955年的世界短篇小说比赛中获得第一名），还是一个名声甚高的美文作家。但令人惊讶的是，他的作品都是口述，由别人笔记。

海野十三的爱徒兰郁二郎也不应该被忘记。久生十兰以作品充满现代时尚的感性受到好评，与之相反，早期的兰郁二郎受到狂热追捧依靠的是与乱步一脉相承的色情怪诞猎奇故事，或者说是与规定"侦探小说是以恶魔和地狱为主要材料的文学"的渡边启助一脉相承的作品。后期他转向前辈海野十三类型的科幻惊悚小说。比如以地底或海底等世外世界为舞台的《地底大陆》和《海底绅士》，还有以人造人（机器人或人形机器人）为题材、讲述对美少女幻想人偶之爱的《植物人》和《脑波操纵士》。时至今日这些作品仍值得细细品读。

严格审查拓宽了类型的边界？

昭和十二年（1937年），中日战争[1]爆发，后来战局扩大为第二次世界大战。受此影响，日本政府强化了战时管制，收紧了书报审查制度。乱步作品集中收录的《芋虫》甚至被勒令全文删除。这篇小说以四肢俱失的伤残军人为题材，堪称色情怪诞、恶俗趣味故事的范本，所以在当时环境下遭此命运也就不足为奇了。

昭和十六年（1941年），太平洋战争开始，管控审查愈发严

---

① 即日本侵华战争。

苛。侦探小说作家面临着二选一的难题，要么管住笔，要么吃牢饭。乱步搁笔休声，其他作家也放弃侦探小说各寻出路。比如小栗虫太郎转向秘境冒险小说，横沟正史转向捕物帐，兰郁二郎转向科幻小说，海野十三转向间谍小说，木木高太郎转向军事小说。

此前为了发展丰富侦探小说、挖掘培育新人，小栗虫太郎、木木高太郎和海野十三联合担任侦探小说专业杂志*SUPIOT*的主编，但这部杂志也在昭和十三年（1938年）被迫停刊。

当时，侦探小说专业杂志*PROFILE*业已消亡。这部硬派的杂志曾是甲贺三郎和木木高太郎就侦探小说艺术争鸣的舞台。由于政府的审查、禁发日益严厉，侦探小说专家将笔尖伸向了其他类型的小说。其中有意思的是刚才提到的小栗虫太郎和木木高太郎、海野十三这*SUPIOT*三人帮。

木木高太郎和海野十三对时局大势表示赞同，转向支持军国主义和帝国主义。结果，木木写下了给少年阅读的、有侦探小说风味的军事小说《绿色日章旗》（昭和十六年，1941年），海野写下了给儿童阅读的军事科幻小说《怪塔王》（昭和十三年，1938年）。战后，海野被认定为"战争协力者"，受到开除公职的处分。

海野崇拜希特勒，小栗虫太郎却憎恶法西斯主义。小栗对当局的反对态度在以《有尾人》（昭和十四年，1939年）为首的"世外魔境"系列中可见一斑。由于身体羸弱，他在创作出该系列作品之前没有离开过关东平原一步。以异国蛮荒之地为故事舞台的

"世外魔境"系列与埃德加·赖斯·巴勒斯的"火星"系列一样，完全是驰骋想象的产物。

正如笛福的《鲁滨孙漂流记》所示，秘境冒险小说有意无意地带着殖民政策、帝国主义的思想倾向，小栗的"世外魔境"系列自然也不免受到这一传统的影响。但他于昭和十六年（1941年）参加随军报道班被派往马来西亚，亲身踏足异国之地并深入热带雨林，目睹了日军对当地居民的凶狠暴虐。从此，他对异国文化、异域民族以及政府的看法都发生了改变。其结果就是《海峡天地会》（昭和十七年，1942年）的诞生。在此之前，他对异国文化的视角是居高临下的，充满着惊异、好奇和恐怖。而在《海峡天地会》中，他把热带雨林作为密室，借传统侦探小说外衣，行批评政府之实。小栗死后，该作品的修改版《海象无舌》于昭二十二年（1947年）出版，修改版中作者的创作意图更加明显。

其乐融融的Mystery大家庭

昭和二十年（1945年），人类终于迎来第二次世界大战的结束。回溯过往，从第二次黄金时代最盛期的昭和十年（1935年）开始的十年内，国产侦探小说界蒙受了巨大损失。昭和十年牧逸马（林不忘、谷让次）和滨尾四郎去世，十一年梦野久作去世，十四年冈本绮堂去世，十八年国枝史郎去世，十九年兰郁二郎去世，二十年甲贺三郎和大阪圭吉去世，二十一年小栗虫太郎也去世了。

昭和二十一年（1946年），雄鸡社开始发行《推理小说丛书》全15卷，木木高太郎担任主编，提倡使用"推理小说"一词的也是木木高太郎。根据他的主张，"推理小说"是"以推理和思索为基调的小说"的总称，侦探小说也包括在内。

翌年，木木高太郎进一步明确了推理小说和侦探小说的区别。"将侦探小说定义为，以犯罪或犯罪性质事件的谜团及其逻辑推理破案为主体的小说。以其中使用的推理，即逻辑思考的过程为重点的则是推理小说。"

江户川乱步对这一意见表示反对。他在《改造》（昭和二十一年9月号）中如此写道：

侦探小说一词在日本语义较广，以至于不得不加上一些多余的形容词，比如本来的侦探小说或本格侦探小说，来跟其他风格的侦探小说区分。如果把以谜团和逻辑推理之乐作为主要内容的"侦探小说"称为推理小说，就省去了那样的麻烦，意思也就很清晰了。

但关于推理小说与侦探小说谁为总集、谁为子集的论争很快就以前者的大胜草草收场。原因很简单，同年11月日本政府发布的《当用汉字表》里没有收入"侦"（偵）字。

但不管怎样，侦探小说（或者说推理小说）在战后很快恢复了活力。*LOCK*和*PROFILE*等专业杂志创刊或复刊，之后《黑猫》和《妖气》等杂志也相继出现。战后三年内，推理小说专业杂志一下子增加到二十多种。

其中值得大书特书的是《宝石》杂志。这本杂志得到乱步的大力支持（后来乱步亲自参与编辑和经营管理），并邀请城昌幸担任主编。可以说战后《宝石》的地位与战前的《新青年》相当。杂志致力于挖掘新秀，培养了香山滋、山田风太郎、岛田一男、日影丈吉和大坪砂男等一大批作家。

横沟正史笔下的名侦探金田一耕助首次登场就是从《宝石》创刊号（昭和二十一年4月）开始连载的《本阵杀人事件》。这部本格长篇作品决定了战后推理小说界的动向。名侦探金田一耕助系列将战前怪奇耽美主义的侦探小说与战后的理性推理小说完美融合在一起。

昭和二十三年（1948年），高木彬光以单行本《刺青杀人事件》出道。该作由乱步亲自作序，名侦探神津恭介在这部作品中首次亮相。从第二年开始，高木彬光以《宝石》为阵地，相继连载《能面杀人事件》和《诅咒之家》等作品，作为本格派的新锐作家受到瞩目。进入昭和三十年，社会派兴起。似乎是为了配合这一潮流，高木彬光创作了一部皇皇巨著——以经济为题材的推理小说《白昼的死角》，并大受好评。顺便说一下，神津恭介与明智小五郎、金田一耕助齐名，并称日本三大名侦探。

刚才提及的社会派推理小说从昭和三十年进入兴盛期，准确地说是始于昭和三十二年（1957年）。社会派的旗手是家喻户晓的松本清张，这位芥川文学奖获得者（昭和二十八年以《某〈小仓日记〉传》获奖）对传统的注重犯罪手法设计的游戏式本格解谜小说提出了质疑，认为犯罪动机才是最重要的。在这一信念下，他开始了推理小说的创作。

也就是说，只有通过探求犯罪动机才能描写人物性格，结果才能刻画人物形象。清张的作品受到热议开始于《点与线》的问世。昭和三十二年，清张发表长篇小说《点与线》并于翌年出版单行本。昭和三十三年（1958年），清张开始在《宝石》杂志连载《零的焦点》。这些长篇小说描写了经济快速增长的社会中人们内心的阴影和悲哀，受到大众的青睐。

乘着以松本清张为领头羊的社会派热潮，水上勉、佐野洋、森村诚一和夏树静子等作家纷纷登场，推动形成了战后新的推理小说热潮。昭和三十二年，江户川乱步奖首次公开征集参评作品，获奖作是仁木悦子的《猫知道》。这本书大为畅销，打破了历史纪录。以此为契机，推理小说受到媒体及全社会的广泛关注。

之后，推理小说作家吸收间谍小说、硬汉派小说、警察小说、商业悬疑小说、冒险小说等各种犯罪小说的风格，同时摸索新的本格形式。至此，这些风格多样的作品已无法用"推理小说"来简单概括，于是逐渐将之统称为"Mystery"。

就这样，不管是侦探小说还是推理小说，不管是"变格"还是"本格"，都其乐融融地团聚到"Mystery"这个大家庭里。

第**14**章

"新本格"的登场，
时代将走向平行推理小说？

在第11章提及《新青年》时，介绍了特别
增刊"侦探小说杰作集号"（大正十二年1月
号）的目录，并写道："把纯文学以外的休闲
小说都归为侦探小说。"借用这个说法，或许
可以说现如今把纯文学以外的娱乐小说都归为
"Mystery"。

媒体对当今推理作品的普及功不可没。尤
其是20世纪70年代，横沟正史的金田一耕助系

列作品被拍成电影，江户川乱步的"明智小五郎美女系列"被拍成电视剧，还有美剧《神探可伦坡》（*Columbo*）系列在日本播放，都大受好评和欢迎。

进入20世纪90年代，跨媒体（Media Mix）作品的势头进一步增强。《金田一少年事件簿》和《名侦探柯南》等漫画作品、《逆转裁判》和《弹丸论破》等游戏作品、《圈套》和《时效警察》等原创电视剧都使得推理作品被广泛年龄段的人群所接受。

现如今，推理即娱乐的王道。这一现状发端于20世纪80年代后半叶登场的"新本格"运动。1987年，绫辻行人的长篇处女作《十角馆事件》出版发行，被认为宣告了"新本格"文艺复兴的开幕。翌年，歌野晶午和法月纶太郎分别以长篇《长家的杀人》和长篇《密闭教室》出道。1989年，我孙子武丸以《8的杀人》登场，至此"新本格"第一代四大天王集结完毕。四人出道时都是二十多岁，且均在本格推理界的前辈岛田庄司推荐下，通过"讲谈社Novels"书系出版了长篇处女作。

什么是"新本格"？

随后，折原一、有栖川有栖、麻耶雄嵩、芦边拓、二阶堂黎人等一批新人通过各家出版社崭露头角，令"新本格"运动在20世纪90年代呈现出一派欣欣向荣的景象。那么究竟什么是"新本格"？这里引用笠井洁和山田正纪的一段值得玩味的对谈（主持人千街晶之）。

笠井◆ 比如绫辻行人喜欢《匣中的失乐》（竹本健治著），但绫辻君并不是在一味地追求标新立异，而是想重新回到本格的形式。这里其实是一个递转。

山田◆ 竹本写《匣中的失乐》时，应该是受了埴谷雄高的《死灵》和《献给虚无的供物》（中井英夫著）双方的影响。雾的描写明显受《死灵》的影响。就我个人而言，我之前都不知道埴谷喜欢侦探小说，也从来没有把《死灵》当作侦探小说去看。从这个意义上来讲，《匣中的失乐》是非常前卫的作品。我早就注意到中井英夫作品对《匣中的失乐》的影响，但很长时间都没有注意到竹本是以那种形式借鉴《死灵》的。有时候人物对话的风格也跟陀思妥耶夫斯基作品中的很相似，那也都是受《死灵》的影响吧。《死灵》中幻想小说、哲学小说和推理小说以一种罕见的形式结合在一起，算是开了一个头。我打算再好好读一遍。

千街◆ 是啊，竹本既有《匣中的失乐》《扑克牌杀人事件》这种元小说、元推理性质的作品，又有《狂璧狂窗》这种完全主打怪奇的推理作品。现在想来，这些作品都分别以非常复杂的形式影响了很多人。竹本本人把《献给虚无的供物》作为一个很大的标杆，但对后续的作家来说，《匣中的失乐》比《献给虚无的供物》的影响力应该更大。

山田◆ 我感觉幻想小说和新本格推理的结合在进入20世纪90年代后更加明显了。不过这两者本来就是一脉相承的吧。

笠井◆ "第三波"（指新本格）就是"本格"复兴运动，但这么说并不全面。社会派推理小说的逻辑和推理都很薄弱，已经沦为犯罪题材的中间小说①了。新本格把恢复魅力无穷的谜团和彻底的逻辑性置于社会派推理的对立面，使之形成鲜明的对比，从这个意义上来说，新本格就是本格复兴运动。但同时，新本格把侦探小说的"凶宅"性置于取材自日常现实的推理小说的对立面这一点也不能忽视。从这个意义上来说，新本格也可以说是变格复兴运动。

山田◆ 是啊。反现实主义小说复活了，要说90年代什么发生了变化，讲得模糊一点的话，就是关于什么是"真"发生了动摇。仅仅用反现实主义小说这个词还不能说明，我感觉出现了这样的新视角——"哪个是真的?""求真本身是可能的吗?"果然时代还是在进步的（笑）。(千街晶之著《怪奇幻想推理小说150选》)

顺便说一下，笠井洁所说的"'凶宅'性"出自松本清张的下面这段文字。

用心理活动替换物理性的犯罪手法，故事设定于日常生活而非特殊环境，人物角色是和我们一样的普通人而非性格怪异之人，所描写的也是日常生活可能经历的或可以预料的悬念，而非

---

① 中间小说指介于纯文学和大众文学之间、兼具纯文学的艺术性和大众文学的娱乐性的小说类型。

"令人后背发凉的恐怖"。说得直截了当一点，就是把侦探小说从"凶宅"的小屋搬到了外面现实的环境之中。(《随笔 黑手帐》)

请大家回忆一下坪内逍遥的《小说神髓》，也就是"小说的主脑在人情，世态风俗次之"那段话。把这段文字中的"小说"替换为"推理小说"的话，那就跟松本清张的主张完全一致了。"人情"就是"犯罪动机"，"世态风俗"就是"社会"。

而新本格的主张则是"推理小说的主脑在虚构，推理之妙次之"。新本格重视对作品的人工斧凿和游戏性，与社会派推理小说主张现实为王是相对立的。所谓"凶宅的小屋"就是指以江户川乱步和横沟正史为代表的游离现实的解谜游戏加传奇作品。说得简单一点，新本格运动就是为了对抗战后社会派推理小说的霸权，试图恢复本格、变格分化之前的风格。

这里稍微介绍一下新本格的旗手绫辻行人的作品。他的代表作是"馆"系列，其中第一部《十角馆事件》明显是对阿加莎·克里斯蒂的《无人生还》(*And Then There Were None*, 1939年)的模仿。整部作品从头到尾由不可思议的谜团、奇拔的犯罪手法、以自洽的逻辑为基础开展的巧妙推理、意外的结尾构成，是一个人工痕迹明显的智力游戏。目前为止，该系列已经出版了九部作品。或许读者会由此想到白井乔二的中篇处女作《怪建筑十二段返》(大正九年，1920年)等作品，但或许把安东尼·维德勒(Anthony Vidler)的《建筑的异样性》(*The Architectural*

Uncanny, 1992年）作为阅读指南更加合适。

想来哥特小说中出现过奥托兰多城堡、奥多芙城堡和鄂榭府，现代作品中出现过山丘之家、全景饭店①和书页之屋，模仿"学魔"高山宏②的话来说，家是通往内部的空间，是最适合封闭空间（closed circle）的传统主题（topos）。维德勒的《建筑的异样性》以弗洛伊德的"令人害怕的东西"理论为基础，分析了入侵密室空间这一非日常的主题。关于"令人害怕的东西"稍后详说，这里介绍一下《建筑的异样性》③目录中的几个标题。

全书共分为三部分，第一部分"住宅"中有"不寻常的住宅"、"活埋"和"乡愁"等，第二部分"身体"中有"被肢解的建筑"、"失面"和"诡计、踪迹"等，第三部分"空间"中有"黑暗空间"、"心理的都会"和"梦幻症"等。光看标题便足以令人兴致勃勃。

"馆"系列第五部《钟表馆事件》（1991年）曾获得日本推理作家协会奖，作品描写了降灵会，怪诞色彩浓郁。绫辻行人的长篇小说《雾越邸杀人事件》（1990年）不属于"馆"系列，作为单独的本格作品，在逻辑自洽和幻想元素方面比"馆"系列更进一步。在曾被改编为动漫和真人版电影的*Another*（2009年）中，

---

① 全景饭店出自斯蒂芬·金的代表作《闪灵》（*The Shining*）。
② 高山宏是日本英国文学专家、翻译家，因博闻强记有"学魔"之誉。
③ 《建筑的异样性》书名及目录标题参考中国建筑工业出版社2018年出版的《建筑的异样性》，贺玮玲译。

怪奇幻想的元素进一步增加，甚至蚕食了解谜的内容，堪称幻想推理小说。

绫辻行人喜欢恐怖电影是出了名的，从《杀人鬼》（1990年）系列也可以清楚地看出他对血腥暴力电影的喜爱。这位拥有怪奇幻想和猎奇趣味的本格推理作家创造了自己独特的文学世界，而短篇集《眼球绮谭》（1995年）可谓是这个世界的一扇橱窗。

怪异猎奇短篇的展示橱窗《眼球绮谭》

就笔者个人而言，我第一次看到这个书名，想到的是乔治·巴塔耶（Georges Bataille）形而上学的色情小说《眼睛的故事》[①]（法语：*L'Histoire de l'oeil*，1928年）。

笔者在怪奇幻想小说方面开窍是受涩泽龙彦的影响，他因介绍翻译萨德侯爵而出名。笔者特别喜欢色情文学，曾为萨德、巴塔耶和皮耶尔·德·芒迪亚格（André Pieyre de Mandiargues）等人的作品所倾倒。因此，我曾把《眼球绮谭》视为与之一脉相承的作品集。

已经读过的读者知道，《眼球绮谭》跟《眼睛的故事》并没有直接的类似点。反倒是法国19世纪末的颓废派作家让·洛兰（Jean Lorrain）的长篇《福卡斯先生》（法语：*Monsieur de Phocas*，1929年）和日本恶魔主义大家渡边启助的短篇《假眼的

[①] 该书日译本标题为《眼球谭》，与绫辻行人的《眼球绮谭》仅一字之差。

麦当娜》（1929年）在口味上更接近《眼球绮谭》。

巴塔耶的《眼睛的故事》与《眼球绮谭》虽然在故事上没有任何相似之处，但在眼球上却有根底相通的主题。

关于色情，巴塔耶曾有过如此论述，"色情是对直达死亡的生命的赞许"，"色情是从死亡中发现的对生命的肯定"。《眼睛的故事》通过故事展现了其独特的形而上学的色情思想。

原著发行时，眼球塞进阴道这个场景被认为冲击力过强。现在看来固然有些色情，但在人体摄影领域，这个创意早已见怪不怪。就像用花来模拟女性性器官一样，可以说是有些老旧的色情表现方式。将女性嘴唇的形状与性器官对照，或者耳朵的形状与子宫对照，使用这些隐喻创作的人体艺术作品早已平庸之极。

不管怎样，这里想讨论的是眼睛、鸡蛋和睾丸这些具有象征意味的客体。剜出眼球的行为象征着阉割，这么说可能会有读者揶揄笔者俗套、陈腐，是搬出了弗洛伊德那一套。

说到眼球摘除=睾丸摘除（男根切除）的故事，不得不提德国浪漫主义作家霍夫曼的《沙人》（德语：*Der Sandmann*，1817年）。这部作品描写了一个青年狂乱人生的悲剧。主人公小时候听过一个故事：小孩子一直不睡觉的话，沙人就会出现，把沙子撒进小孩子的眼睛里，血淋淋的眼球就会"噗"地迸出来。故事给主人公带来了心理阴影。

弗洛伊德的《令人害怕的东西》（德语：*Das Unheimliche*，1919年）是对这部怪奇幻想故事名作进行解释的经典论文。如今作为解读恐怖小说的关键词之一，"令人害怕的东西"受到高度重视。《沙人/令人害怕的东西》一书收纳了《沙人》和《令人害怕的东西》的译作，译者种村季弘在导读中对"令人害怕的东西"做了如下言简意赅的说明。

> 自然、故乡、家庭、身体，还有更小规模的东西，如女性性器官。（令人害怕的就是）被疏离于这些"最初待过的地方"。如同家一般的，也就是heimlich的地方满足了人的第一次自恋的显露。丧失这些地方则意味着"第一次自恋的压抑"。"第一次自恋的压抑"反过来就会生出unheimlich的感情。这就是弗洛伊德的"令人害怕的东西"中一贯的主题。

顺便说一下，德语中的"heimlich"意思是"熟稔的""习惯亲近的"，"heim"就是"家"的意思。加上表示否定的前缀"un"，意思当然就反过来了，不再是"安全的家里"，而是"危险的家外"，也就是疏远、疏离。"unheimlich"指过去曾经"熟稔的""习惯亲近的"东西，现在变成"陌生的、不知何物的东西"。这就是"令人害怕的东西"，也就是"过去被压抑的东西现在喷涌而出的状态"。

"'第一次自恋的压抑'反过来就会生出unheimlich的感情"，这一时期就会产生所谓的俄狄浦斯情节和阉割焦虑。也就是离开母性的东西（自然、本能、意识的混沌、周边），加入父性（文化、社会、象征秩序、中心）的世界这一重要的阶段。因此，挖掘回忆必会在一定程度上打开"被压抑的东西的盖子"，遭遇"令人害怕的东西"，也就是遭遇阉割焦虑。

在绫辻行人的《眼球绮谭》的"作中作"里，主人公穿过洞穴发现了巨大楼馆的地下室。他把这里作为秘密基地，在这里学会了抽烟、喝酒和做爱。当然做爱的对象是母亲（般的女性）。还有被送到跟前的眼球，"吃了吧，这就是你期望的东西"。

但真正可怕的还在后头。这个身份不明的女性就是所谓的阳具母亲（Phallic Mother，渴求阳具、权力欲望强的母亲）。在这种情况下，阳具并不是生理意义上的阴茎，而是社会文化意义上的权力和权威。在父权社会中，归根结底只有父亲（男性）才能说"我就是规矩，我就是法律"，如果母亲（女性）追求同样的权力、权威，就会被视为怪物而被敬而远之。

阳具母亲领悟到自己生来就不具备象征权力的阳具，因此将孩子视为阳具的替代品。出于对没有阳具的愤怒，她们从被阉割的女性成为主动阉割的女性。希区柯克导演的《惊魂记》（*Pysco*，1960年）和彼得·杰克逊（Peter Jackson）导演的《群尸玩过界》（*Brain Dead*，1992年）中出场的母亲就是典型的阳具母亲。从神话传说中的"有牙阴道"和蛇发女妖（Gorgon，这个妖怪是女性性器官，且是有牙阴道的具体表现，因此男的看一眼就会变成石像，即象征着勃起变硬）到女吸血鬼、红颜祸水、持刀（斧头、电锯等）的女杀人狂等，都可以视为阳具母亲

（怪物女性）的隐喻。

每个人都是从前俄狄浦斯期，经过阉割焦虑，再到后俄狄浦斯期，穿过个性化的过程而成为合格的社会人。这一过程中，为了成为文明社会的一员，不得不放弃母性原理。这是朱莉娅·克里斯蒂娃（Julia Kristeva）主张的"abject"①（既不是意为主体的"subject"，也不是意为客体的"object"），也就是"扰乱身份认同、体系、秩序，不重视境界、地位和规范的东西。换而言之，是不选边站的，双义的、混合的"。

克里斯蒂娃的名言是"离开'母亲'，将'母亲'作为恐怖并代码化的程度是文明的尺度"。抛弃"abject"东西的行为——也就是"abjection"②——不分男女，是一个人脱离母亲（自然），归属父性（文化）体系的重要垫脚石。在个人史中，未能成功"abjection"，而被母性原理所蚕食、吞噬是最恐怖的。

但对当事人来说，回归母胎是一种乌托邦状态。家、舒适区域、勾起乡愁的地方、无自他之分的安睡安宁的自我陶醉之地——这些都有heimlich的意思。打败这些巨大的诱惑，会伴随巨大的牺牲和痛苦。毕竟家会改头换面，变成不舒服的、令人战栗的地方，变成"unheimlich"。

如此考虑的话，《眼球绮谭》诸作品中名为笑谷由伊的女性

---

① "abject"意为"极糟的，凄惨的，（人）卑贱的、卑下的"。

② "abjection"意为"卑鄙、抛弃、驱逐、落魄"。

可以解读为阳具母亲乃至怪物女性的隐喻。从这个意义上来说，《眼球绮谭》可以称为绫辻行人版的《富江》（伊藤润二著，1987年）。虽然从叙事风格来看，更加接近石井隆的《名美》（1977年）。不管一个女性是同一个人物还是别人（不管是主角还是只出现了几次的配角），在表象某个类型这一点上是相同的。

《眼球绮谭》收录的作品除了出场人物中都有一个叫由伊的女性，故事是互相独立的。毋庸赘言，短篇集中的各篇只要不是系列作品，读者就可以根据标题选择感兴趣的先读。每篇作品都在恐怖小说中常有的气氛中结束，完全没有令读者不知所云的故事。所有作品都设计了谜团或犯罪手法，结果令人惊愕。故事技巧出色，可以令读者欣赏到最近流行的"奇妙的味道"或"异色短篇"的最精彩的部分。从笔者个人来看，感觉是将令人怀念的"推理领域"类型的短篇写成血腥恐怖类型，或者是将《新青年》系的色情怪诞短篇写成现代版的感觉。本书是笔者喜欢的一本恐怖推理短篇集。

不过正如作者在后记中所写，从头开始依次读到最后一篇《眼球绮谭》是最理想的阅读方式。之所以这么说，是因为从第一个短篇《再生》中所讲述的"变貌"开始，"妊娠""切断""列车""过去""记忆"等隐藏的主旨被下一个作品所延续，在最后一篇中这些主旨交叠在一起，奏响了华丽的赋格曲。

不知道这是否是作者有意而为。下面的内容只是笔者的胡乱猜测。"变貌"和"妊娠"是"再生产、增殖"的表象，这是男性无论如何也无法做到的、最令人畏惧的神秘女性能力，"切断"和"列车"是"阉割焦虑"的表象，"过去"和"记忆"是"被压抑、被抛弃的东西"的表象。书中的笑谷由伊是一个具有普遍意义的怪物女性，《眼球绮谭》就是一部关于笑谷由伊的恐怖故事作品集。当然，这只是笔者一家之言，笔者姑妄言之，读者姑妄听之。

顺便提一下，笑谷由伊还出现在绫辻行人的《最后记忆》（2002年）中，这部作品作为绫辻的首部本格长篇恐怖小说，受到热议。因为《眼球绮谭》而对笑谷由伊产生兴趣，并想进一步知道其过去的读者可以读一读《最后记忆》。这部罕见的作品情感充沛，将推理（合理）和恐怖（不合理）以及科幻的想象力（天马行空的奇思）完美融合在了一起。

特殊设定推理小说的世界

1994年，京极夏彦凭借巨著《姑获鸟之夏》横空出世。这部作品中，严守逻辑的故事推进和传奇趣味得到进一步融合。但紧接着于翌年推出的《魍魉之匣》却是一部幻想作品，故事中以清晰的思路破解谜题得出的真相超脱了寻常的世界。这部作品证明了广博的见闻、深厚的学养、炫学的趣味也可以用于幻想作品的创作。

在"新本格"中，因为将严密的逻辑推理解谜和怪奇幻想世界融为一体，而值得大书特书的是山口雅也的《活尸之死》（1989

年)。这部作品讲述了在僵尸"真实"存在的日常生活中，一桩不可思议的凶杀案如何被解决的推理故事，人物设定大胆离奇，解开谜团的主人公在故事一开始就死去了，之后作为"活尸"复活。虽然故事背景是非现实的，但其中的分析解谜却结构清晰、合乎情理。这种风格的推理作品被称为特殊设定推理小说。

特殊设定推理小说的背景设定与科幻小说、奇幻小说和恐怖小说类似。比如可以时间旅行或施展魔法的世界，赛博空间或异次元世界，异于真实历史的世界，外星人、妖精或怪物存在的世界。不管是多么非现实或超自然的状况，都有一定的规则或相应的自然法则存在。在这一背景限定下，人物角色通过思路清晰的推理来解开谜团。

这种类型的推理小说在海外早已有之。比如，艾萨克·阿西莫夫（Isaac Asimov）的《钢穴》（*The Caves of Steel*，1953年）讲述了未来社会中机器人刑警破案的故事。兰德尔·加勒特（Randall Garrett）的《太多的魔术师》（*Too Many Magicians*，1966年）则以平行世界中的英国为舞台，魔法是这个世界的自然法则。

日本也不乏类似的作家和作品。比如西泽保彦的《死了七次的男人》（1995年）和《人格转移的杀人》（1996年）等作品，在科幻小说般的场景设定中展开高超的逻辑推理。米泽穗信的《折断的龙骨》（2010年）则以中世纪的欧洲为舞台，把英雄奇幻（Heroic Fantasy）作品作为推理小说呈现在读者面前。斜线堂有纪的《乐园是侦探不在的地方》（2020年）是一部新出的作品。

在故事中的世界，一般杀死两个人以上，杀人者便会被真实存在的"天使"拖入地狱，然而却有凶手逃过下地狱的惩罚，连续杀人。这部本格推理小说既有孤岛杀人元素，也类似绫辻行人的"馆"系列。

值得一提的是，斯图尔特·特顿（Stuart Turton）的《伊芙琳的七次死亡》（*The Seven Deaths of Evelyn Hardcastle*，2018年）也是一部优秀的解谜游戏作品，读来感觉是《死了七次的男人》和《人格转移的杀人》以及绫辻行人的"馆"系列的融合之作。

应该称为"平行推理小说"？

在"新本格"最隆盛的时期，曾有人呼吁警惕其扩散开来的危险。他们担心的主要是讲谈社杂志*MEPHISTO*①和*FAUST*②系作家的作品。

清凉院流水被称为"出道当初最应该打压下去的新人"，他的处女作*COSMIC*（1996年）是一部异想天开的奇想小说，逸出了"新本格"推理小说的规范，以至于被评价为"十年不遇的话题之作"（贬义）。受这位推理小说界的异类所影响而出现的是舞城王太郎，他的皇皇巨著《迪斯科侦探星期三》（2008年）堪称一部荒诞离奇、天马行空的奇书，小说以众侦探推理接连出错

---

① *MEPHISTO* 是讲谈社发行的小说杂志，于 1996 年创刊，主要刊载推理小说。

② *FAUST* 是讲谈社不定期刊行的文艺杂志，于 2003 年创刊。

为主线展开故事，令读者陷入眩晕的迷雾。

　　按照"把纯文学以外的休闲小说都归为侦探小说"的做法，这些异想天开、从推理小说的规范中旁逸斜出的新奇独特作品都可以归类于推理小说。但现如今"将推理过程本身作为一个谜团去展开推理""真相不止一个""什么是真实?"，以及著名的"后期奎因问题"[①]都被当作解谜作品的主题，或许把这些作品称为"平行推理小说"（paramystery）更加合适，而非"反推理小说"或"元推理小说"。

　　这里啰唆几句，解释一下前缀"para"的意思。上文提到的《建筑的异样性》对"平行建筑"（paraarchitecture）进行了定义，这里引用其中的一段文字。维德勒在解释"平行建筑"时，援引了戴维·卡罗尔（David Carroll）创造的"平行美学"（paraesthetics）一词。

　　卡罗尔引用了牛津英语词典中"para"的释义，"para"源自希腊语，该释义也是其在希腊语中的用法。狭义的"para"有"附近的""旁侧的""过去的""超越的"之意，与其他词组合时，

---

① 一般认为后期奎因问题包括两个问题。第一个是指作品中的侦探绝对无法知道自己根据逻辑推理得出的结论是否就是真相;第二个是指侦探参与调查后，罪犯为逃避搜查而制造新的犯罪，可能产生新的受害者，由此侦探存在的正当性成为问题。

则有"一方的、错误的、有缺陷的、不规则的、混乱的、不适当的、错误的"之意。作为合成词前缀，表示对词根的补充、变更、曲解以及拟态。根据卡罗尔的结论，所谓平行美学，就是指与自身敌对的、或超越自身的甚至逸脱自身而前进的某种美学，它是有缺陷的、不规则的、混乱的、不适当的美学——总之，无法端居在正常意义的美学所限定的范围之内。

读者可以把这段文字中的"美学"替换为"推理小说"再读一遍。如果能忘却对"新本格"扩散的不安，认为其采用了适应当今文化社会的多样叙事风格，正升格为平行推理小说这一新的亚类型，或许更为有趣。

当今的怪奇幻想推理小说

本书的主要考察对象是推理小说中"怪异猎奇"的领域，因此对解谜类推理作品不作深入考察。在本书即将收尾之际，介绍一下当今怪异恐怖口味浓郁的作家和作品。

首先可以举出以《恐怖小说作家的栖息之家》（2001年）出道的三津田信三、凭借横沟正史推理暨恐怖大奖获奖作品《虚鱼》（2021年）亮相的备受期待的新人作家新名智。其他还有以皆川博子为首的多位女性作家——小池真理子、宫部美雪、恩田陆、小野不由美和新津清美等富于怪奇幻想风味的悬疑推理作家。这些作家的作品中都能看到现代恐怖小说之王斯蒂芬·金的影子。

那么笔者偏爱的像橘外男的《苍白的裸女群像》（1950年）这样猎奇成分浓郁的推理作品情况如何？较早的作品中，秋山正美的神秘故事短篇集《葬礼后的寝室13个怪奇幻想故事》（1970年）仿佛是昭和初期的色情怪诞"纯培养"出的作品，朝山蜻一的《深夜唱歌的岛》则是性倒错横溢的乌托邦幻想小说。当今有没有与他们风格相近的作家呢？

平山梦明著有恶俗趣味的B级硬汉派小说《梅尔希奥的惨剧》（2000年），从某种意义上来说，他的很多猎奇作品容易让读者精神崩溃，而不是仅仅像《脑髓地狱》让人觉得烧脑。由于现在各种规则限制较多，作家已经无法像《新青年》时代那样创作心理变态、人格不健全的故事。但进入21世纪10年代之后，值得期待的优秀作家纷纷登场。白井智之就是其中一位，他凭借横沟正史推理大奖入围作品《人脸难食》（2014年）出道，第二部作品《东京结合人间》（2015年）被绫辻行人高度评价为"鬼畜系特殊设定解谜小说"。

白井的其他作品还包括《晚安人面疮》（2016年）和《杀死少女的100种方法》（2018年）等。从标题也可看出，白井智之的独特风格在于怪诞、不循道德，但他的作品也具备新本格必备的谜团、逻辑推理和出乎意料的破案。对鬼畜系猎奇作品没有免疫力的读者或许会喜欢他的新作《名侦探原田亘》（2020年）。这部作品以昭和时代发生的七桩真实凶杀案（阿部定事件、帝银事件和津山三十人屠杀事件等）为题材，色情怪诞要素单薄，但逻辑推理相当扎实。

由此而观，怪异猎奇推理小说的妖火恐怕还将继续燃烧下去。

主要参考文献

【哥特小说、幽灵故事及神秘侦探相关文献】

Ascari,Maurizio.*A Counter-History of Crime Fiction: Supernatural,Gothic,Sensational*(Palgrave Macmillan,2000)

Bloom,Clive ans Other edit.*Nineteenth-Century Suspense:from Poe to Conan Doyle.* (Palgrave Macmillan,2000)

Botting,Fred.*Gothic.*(Routledge,1996)

Punter,David.*The Literature of Terror.* (Longman,1996)

Srdjan,Smajic.*Ghost-Seers,Detectives,and Spiritualist:Theories of Vision in Victorian Literature and Science.*(Cambridge UP,2010)

Warner,Marina.*Phantasmagoria.* (Oxford

UP,2006)

【哥特小说及通灵术相关文献】

小池滋『ゴシック小説をよむ』（岩波セミナーブックス、
一九九九年）

八木敏雄『マニエリスムのアメリカ』（南雲堂、二〇一一年）

小池滋・志村正雄・富山太佳夫・編『城と眩暈〜ゴシック
を読む』（国書刊行会、一九八二年）

ドナルド・A・リンジ『アメリカ・ゴシック小説〜19世紀小
説における想像力と理性』古宮照雄ほか訳（松柏社、二〇〇五
年）

ジャネット・オッペンハイム『英国心霊主義の抬頭〜ヴィ
クトリア・エドワード朝時代の社会精神史』和田芳久訳（工作
舎、一九九二年）

吉村正和『心霊の文化史〜スピリチュアルな英国近代』（河
出ブックス、二〇一〇年）

デイヴィッド・パンター『恐怖の文学 その社会的・心理的
考察〜1765年から1872年までの英米ゴシック文学の歴史』石月
正伸ほか訳（松栢社、二〇一六年）

ローズマリー・ジャクソン『幻想と怪奇の英文学Ⅲ〜転覆
の文学編』下楠昌哉訳（春風社、二〇一八年）

【西欧推理小説相関文献】

ジュリアン・シモンズ『ブラッディ・マーダー～探偵小説から犯罪小説への歴史』宇野利泰訳（新潮社、二〇〇三年）

ジャック・デュボア『探偵小説あるいはモデルニテ』鈴木智之訳（法政大学出版局、一九九八年）

ステファーノ・ターニ『やぶれさる探偵～推理小説のポストモダン』高山宏訳（東京図書、一九九〇年）

パスクァーレ・アッカード『シャーロック・ホームズが誤診する～医学/推理/神話』高山宏訳（東京図書、一九八九年）

ハワード・ヘイクラフト『娯楽としての殺人～探偵小説・成長とその時代』林峻一郎訳（国書刊行会、一九九二年）

Ｈ・ヘイクラフト編『推理小説の美学』鈴木幸夫訳編（研究社出版、一九七四年）

鈴木幸夫訳編『推理小説の詩学』（研究社出版、一九七六年）

中田耕治編『推理小説をどう読むか』（三一書房、一九七一年）

山路龍天ほか『物語の迷宮～ミステリーの詩学』（有斐閣、一九八六年）

内田隆三『探偵小説の社会学』（岩波書店、二〇〇一年）

髙山宏『殺す・集める・読む～推理小説特殊講義』（創元ライブラリ、二〇〇二年）

廣野由美子『ミステリーの人間学～英国古典探偵小説を読む』（岩波新書、二〇〇九年）

高橋哲雄『ミステリーの社会学～近代的「気晴らし」の条件』（中公新書、一九八九年）

井上良夫『探偵小説のプロフィル』（国書刊行会、一九九四年）

松村喜雄『怪盗対名探偵～フランス・ミステリーの歴史』（双葉文庫、二〇〇〇年）

長谷部史親『欧米推理小説翻訳史』（双葉文庫、二〇〇七年）

レジス・メサック『「探偵小説」の考古学～セレンディップの三人の王子たちからシャーロック・ホームズまで』石橋正孝監訳、池田潤ほか訳（国書刊行会、二〇二一年）

R・D・オールディック『ヴィクトリア朝の緋色の研究』村田靖子訳（国書刊行会、一九八八年）

【日本偵探小説相关文献】

中島河太郎『探偵小説辞典』（講談社文庫、一九九八年）

吉田司雄『探偵小説と日本近代』（青弓社、二〇〇四年）

谷口基『変格探偵小説入門～奇想の遺産』（岩波書店、二〇一三年）

郷原宏『物語日本推理小説史』（講談社、二〇一〇年）

伊藤秀雄『明治の探偵小説』（双葉文庫、二〇〇二年）

伊藤秀雄『大正の探偵小説～涙香、春浪から乱歩、英治まで』（三一書房、一九九一年）

伊藤秀雄『昭和の探偵小説～昭和元年-昭和二十年』（三一書房、一九九三年）

権田萬治『日本探偵作家論』（講談社文庫、一九七七年）

横田順彌『近代日本奇想小説史 明治篇』（ピラールプレス、二〇一一年）

中島河太郎編著『ミステリ・ハンドブック 現代推理小説大系別巻2』（講談社、一九八〇年）

堀啓子『日本ミステリー小説史～黒岩涙香から松本清張へ』（中公新書、二〇一四年）

川村湊『日本の異端文学』（集英社新書、二〇〇一年）

長山靖生『モダニズム・ミステリの時代～探偵小説が新感覚だった頃』（河出書房新社、二〇一九年）

内田隆三『乱歩と正史～人はなぜ死の夢を見るのか』（講談社選書メチエ、二〇一七年）

中川右介『江戸川乱歩と横溝正史』（集英社文庫、二〇二〇年）

吉田司雄編著『探偵小説と日本近代』（青弓社、二〇〇四年）

押野武志他編著『日本探偵小説を知る～一五〇年の愉楽』（北海道大学出版会、二〇一八年）

千街晶之『幻視者のリアル～幻想ミステリの世界観』（東

京創元社、二〇一一年)

　鈴木優作『探偵小説と〈狂気〉』(国書刊行会、二〇二一年)

　谷川渥『孤独な窃視者の夢想～日本近代文学のぞきからく
り』(月曜社、二〇二一年)

【《新青年》杂志相关文献】

　「新青年」研究会編『新青年読本～昭和グラフィティ』(作
品社、一九八八年)

　大石雅彦『「新青年」の共和国』(水声社、一九九二年)

　山下武『「新青年」をめぐる作家たち』(筑摩書房、一九
九六年)

　「新青年」研究会編『「新青年」名作コレクション』(ちく
ま文庫、二〇二一年)

【杂志特辑相关文献】

　季刊誌幻想文学「特集 怪奇幻想ミステリー」(9号、
一九八四年)

　季刊誌幻想文学「特集 ミステリvs幻想文学」(55号、
一九九九年)

　季刊誌幻想文学「特集 魔界とユートピア～日本幻想文学
誌1明治篇」(18号、一九八七年)

　季刊誌幻想文学「特集 大正デカダンス 耽美と怪異～日本

幻想文学誌2大正篇」（22号、一九八八年）

　季刊誌幻想文学「特集 夢みる二〇年代〜日本幻想文学誌3大正・昭和篇」（24号、一九八八年）

　季刊誌幻想文学「特集 猟奇と哄笑〜日本幻想文学誌4昭和篇」（27号、一九八九年）

　季刊誌幻想文学「特集 幻視の文学1930-40〜日本幻想文学誌5昭和篇」（29号、一九九〇年）

　季刊誌幻想文学「特集 異端文学マニュアル〜日本幻想文学誌6昭和篇」（30号、一九九〇年）

　雑誌ユリイカ「特集 江戸川乱歩〜レンズ仕掛けの猟奇怪異」（5月号、一九八七年）

　雑誌ユリイカ「特集『新青年』とその作家たち〜異説日本文学史」（9月号、一九八七年）

　雑誌ユリイカ「特集 夢野久作〜近代日本のアンダー・ワールド」（1月号、一九八九年）

　雑誌ユリイカ「特集 久生十蘭〜文体のダンディズム」（6月号、一九八九年）

　別冊太陽『乱歩の時代〜昭和エロ・グロ・ナンセンス』（平凡社、一九九五年）

　雑誌幻影城『江戸川乱歩の世界』（絃映社、一九七五年七月増刊号）

【江户川乱步及横沟正史随笔作品】

江戸川乱歩『江戸川乱歩全集 第25巻 鬼の言葉』（光文社文庫、二〇〇五年）

江戸川乱歩『江戸川乱歩全集 第26巻 幻影城』（光文社文庫、二〇〇三年）

江戸川乱歩『江戸川乱歩全集 第28巻 探偵小説四十年（上）』（光文社文庫、二〇〇六年）

江戸川乱歩『江戸川乱歩全集 第29巻 探偵小説四十年（下）』（光文社文庫、二〇〇六年）

横溝正史著、新保博久編『横溝正史自伝的随筆集』（角川書店、二〇〇二年）

【相关作品选集】

中島河太郎責任編集『新青年傑作選 全五巻』（立風書房、一九七〇年）

『文豪ミステリー傑作選 第1集』（河出文庫、一九八五年）

『文豪ミステリー傑作選 第2集』（河出文庫、一九八五年）

鮎川哲也編『怪奇探偵小説集 全3巻』（ハルキ文庫、一九九八年）

江戸川乱歩ほか『爬虫館事件 新青年傑作選』（角川ホラー文庫、一九九八年）

ミステリー文学資料館編『幻の探偵雑誌シリーズ 全10巻』（光文社文庫、二〇〇〇-二〇〇二年）

　　ミステリー文学資料館編『甦る推理雑誌シリーズ 全10巻』（光文社文庫、二〇〇二-二〇〇四年）

　　会津信吾・藤元直樹編『怪樹の腕〈ウィアード・テールズ〉戦前邦訳傑作選』（東京創元社、二〇一三年）

　　中島河太郎監修『完全復刻版 怪奇・幻想小説の世界』（別冊いんなあとりっぷ四月号、一九七六年）

　　中島河太郎編『ひとりで夜読むな 新青年傑作選 怪奇編』（角川ホラー文庫、二〇〇一年）

　　長山靖生編『モダニズム・ミステリ傑作選』（河出書房新社、二〇一九年）

　　竹本健治選『変格ミステリ傑作選〔戦前篇〕』（行舟文庫、二〇二一年）

【指南】

　　千街晶之『怪奇幻想ミステリ150選〜ロジカル・ナイトメア』（原書房、二〇〇二年）

　　佳多山大地『新本格ミステリを織るための100冊〜令和のためのミステリブックガイド』（星海社新書、二〇二一年）

【本书著者相关作品】

『ジャンク・フィクション・ワールド』（新書館、二〇〇一年）

『ホラー小説大全』（角川選書、一九九七年→増補版/角川ホラー文庫、二〇〇二年）